# 소녀 A, 중도하차합니다

**김지숙**
**지음**

다른

# 차례

첫 번째 이야기: 구유진

ID: Hodu

—

## \<넥스트아이돌스타\> 한 달 뒤면 우승자가 가려진다!

\<넥스트아이돌스타(넥아타)\> TOP5가 오늘 저녁 발표된다. 지난 6개월 동안 총 100만 명이 참가한 예선을 거쳐 선정된 100명의 가수지망생들이 치열한 경연을 벌여 왔다. 오늘 TOP5 결정전에서는 TJ, 소녀A, 알렉스를 비롯한 열 명의 후보자 중 결승전에 오를 다섯 명이 선정된다.

최종 승자는 한 달 뒤, 심사위원단의 평가와 팬들의 문자투표로 결정될 예정이다. 우승자에게는 1억 원의 상금과 함께 가수 데뷔의 특전이 주어진다.

- JS 스타뉴스


TV 화면에 심사위원의 얼굴이 클로즈업 되었다. 스릴러 영화의 결정적인 장면에서 나올 법한 배경음악이 흘러나왔다. 아직 호명되지 못한 후보자는 일곱 명. 이 중에서 두 명만 TOP5에 들

수 있다. 나머지는 탈락자가 되고 만다.

후보들은 떨리는 표정을 감추지 못했다. 입술을 자근자근 씹기도 하고, 연신 손을 바지춤에 문지르기도 했다. 옆에 있는 후보자와 손을 꼭 잡고 있는 사람도 있었다.

TJ는 이 상황을 모면하려는 듯 눈을 질끈 감고 있었다. 그 모습이 안쓰러워서 빨리 TJ가 호명되기를 기다렸다. 하지만 호명된 사람은 내 기대와 달랐다.

"TOP5 무대의 네 번째 진출자는, 소녀A!"

소녀A를 지지하는 관중들이 환호했다.

싱어송라이터인 소녀A는 기타를 들고 진출자들이 모여 있는 무대 가장자리로 걸어갔다.

'대체 누가 소녀A 따위를 좋아하는 거지?'

나의 눈빛이 무대에 닿을 리 없다는 걸 알면서도, 나는 소녀A를 있는 힘껏 노려보았다.

이제 한 명만 남았다. 떨고 있는 후보자들의 얼굴을 번갈아 보여 줄 뿐 사회자는 뜸을 들이며 좀처럼 결과를 알려 주지 않았다. 더 이상 참지 못하고 소리라도 지르고 싶어질 즈음에야 사회자가 입을 열었다.

"마지막 진출자는, 바로 TJ입니다!"

해냈다. TJ가 TOP5에 들었다. 비로소 안도했다. TJ는 기도하듯이 두 손을 모아 이마에 가져다 댔다. 그리고 관중석을 향해 구십도로 허리를 숙여 인사했다.

TOP5에 진출하지 못한 후보들은 쓸쓸히 반대쪽으로 퇴장했다. 꽉 쥐고 있던 손을 풀었다. 내 손에도 땀이 배어 있었다.

오디션 프로그램은 잔인했다. 그곳에는 무언가를 간절히 원하는 사람들과 그 사람들의 생사를 결정하는 사람들만 존재했다. 살아남은 사람들은 기뻐서 울고, 떨어진 사람들은 억울하고 아쉬워서 울었다. 결국 모두가 울었다. 이 과정을 마지막 한 명이 남을 때까지 반복했다. 보면 볼수록 학교에서 일어나는 일들과 비슷하다는 생각이 들었다. 못생기고 서툰 사람들의 존재감은 사라지고, 예쁘고 매력적인 사람들만 살아남았다.

잔인하다고 생각하면서도, 나는 매주 오디션 프로그램을 봤다. 오로지 TJ를 보기 위해서였다. TJ는 사랑스러운 눈웃음을 가진 스물한 살의 가수지망생이었다. 백댄서로 일한 경력이 있어서 댄스 실력도 뛰어났다. 무대 위에 여러 명이 서 있어도 시선을 빼앗는 건 TJ뿐이었다. 나에게 〈넥아타〉는 곧 TJ였다. TJ가 없다면 볼 가치가 없었다. 〈넥아타〉에서 살아남기 위해 고군분투하는 TJ를 보고 있으면 가슴이 타는 것 같았다. 온몸이 뻐근해지기도 했다. 머리에 열이 나고 눈물이 고였다. 그건 이상한 경험이었다. 나는 그것이 사랑이라는 걸 알았다. 이루어질 가능성이라고는 전혀 없는 일방적인 사랑이었다.

한 주 한 주, TJ의 성적에 따라서 나의 기분도 결정되었다. TJ가 상위권을 기록하면 나도 웃었고, 순위가 떨어지면 침울해졌다. 내가 할 수 있는 건 TJ의 순위가 조금이라도 올라가도록 인터넷 투표를 하는 것뿐이었다. 나와 엄마의 휴대폰으로 문자투표를 했고, 공식 사이트에 들어가서 응원의 글을 남겼다. TJ가 나온 사진이나 영상, 기사 들을 빠짐없이 챙겨 보았다.

화면에는 합격자들이 서로 손을 잡고 기뻐하는 모습이 나오고 있었다. 한 명씩 다음 무대를 향한 의지를 담아 인터뷰를 했다. TJ가 감격에 젖은 얼굴로 말했다.

"다 여러분 덕분입니다. 다음 무대에서도 열심히 할게요. 늘 마지막이라는 생각으로 하겠습니다."

'너의 마지막은 우승 무대야.'

나는 마음속으로 말했다.

다섯 명의 진출자 중 한 명인 소녀A도 웃음기 없는 얼굴로 인터뷰에 응했다.

"정말 여기까지 오게 될 줄 몰랐어요. 기쁘기도 하지만, 너무 당황스럽네요."

마치 자신이 원한 승리가 아니었다고 말하는 듯한 저 눈빛. 나는 저 눈빛을 알고 있다. 그리고 저 표정이 싫었다. 나는 마음속으로 말했다.

'착한 척하지 마. 차라리 기뻐서 날뛰란 말이야, 김아름.'

김아름은 소녀A의 본명이었다. 그리고 난 김아름에게 왕따를 당했다.

김아름과 나는 초등학교 육학년 때 같은 반이었다. 방송에서 처음 김아름을 봤을 때는 알아보지 못했다. 살이 많이 빠지면서 이목구비가 뚜렷해지고, 스타일도 많이 바뀌었다. 하지만 아무리 외모가 변해도 변하지 않는 것이 있었다. 바로 눈빛이었다.

김아름을 처음 알아본 건 〈떨어져요〉를 부를 때였다. 〈떨어져요〉는 김아름이 유명해지게 된 결정적인 곡이었다. 그 노래를 부른 뒤 김아름은 떨어지기는커녕 인기가 치솟았다.

나는 떨어져요

모든 것으로부터. 나를 괴롭히는 것으로부터.

발목을 잡아요

나를 사랑했던 사람들

한 줌도 안 되는 추억들

나는 뿌리쳐요 그래도

잡아 주길 바라요

저 아래에 나를 받아 줄 곳이 있을까요

풀잎이 다정해 보여요

나는 떨어져요

멜로디는 단조롭고 악기 구성도 단순한 노래였다. 덕분에 소녀 A의 맑은 목소리가 돋보였고, 가사도 또렷하게 전달되었다. 사람들은 〈떨어져요〉가 자살을 암시한다고 생각했다. 누구는 소녀A가 자살 시도를 한 적이 있다고 했고, 누구는 소녀A가 왕따를 당했을 거라고 했다. 심사위원 중 한 사람은 '묻어 두었던 상처를 보듬어 주는 노래'라고 평했다.

처음 노래를 들었을 때 나도 울었다. 막연히 사라지고 싶었던 어느 날의 마음이 떠올랐다. 그런데 카메라가 노래하면서 허공을 응시하는 소녀A의 눈빛을 클로즈업 했을 때, 누군가의 모습이 스쳐 지나갔다. 내가 본 적이 있는 눈빛이었다.

사실, 그때까지도 소녀A가 김아름이라는 확신이 없었다. 그런데 우연히 길에서 서지희를 만나면서 소녀A의 정체가 확실해졌다. 서지희는 오랜 친구를 만난 듯 친근하게 나를 불렀다.

"야, 구유진!"

서지희는 같은 스타일로 교복을 줄여 입고 같은 헤어스타일에 같은 브랜드에서 나온 가방을 멘 친구들과 길을 가고 있었다. 꼭 보호색으로 자기 정체를 감추는 동물들 같았다.

"나 지희야."

내가 대답이 없자 서지희는 자기를 못 알아봤다고 생각한 모양이었다. 나에게 그토록 혹독하게 굴었던 서지희의 얼굴을 잊을 리가 없었다.

"너, 자퇴했다며? 혹시 소녀A 때문이야?"

서지희가 내 쪽으로 성큼 다가오며 다짜고짜 말했다. 이 얘기를 하려고 내게 말을 건 모양이었다.

"무슨 소리야?"

내가 짐짓 모르는 척하자 서지희가 흥분해서 말했다.

"걔, 〈넥아타〉 나오는 소녀A! 걔가 김아름이잖아."

순간, 내 느낌이 맞았다는 걸 알았다.

"근데 걔, 졸라 웃기지 않아? 너 왕따 시킬 때는 언제고, 이제 와서 존나 착한 척?"

나는 기가 막혀서 웃을 뻔했다. 김아름이 나를 왕따시킨 것은 맞지만, 서지희와 함께 벌인 일이었다. 서지희는 한참을 소녀A, 그러니까 김아름에 대한 험담을 해댔다.

"너 그거 알아? 네 물건 숨기고, 투명인간 취급하고, 그거 다 김아름 아이디어였어. 솔직히 걔 전학 오기 전에는 그 정도는 아니었잖아? 다 걔가 생각해 낸 거라고."

서지희는 "근데 걔 졸라 예뻐지지 않았냐? 얼굴에 대체 뭘 한 건지 모르겠어"라는 말을 끝으로 자기 친구들과 함께 떠나 버렸다. 그렇게 소녀A의 존재를 확인한 것이 몇 주 전의 일이었다.

상처받은 사람들의 심정을 헤아린 노래 가사 때문에 김아름이 왕따를 당했을 거라는 소문이 돌았다. 하지만 이상하리만큼 김아름의 학교생활에 대해서는 인터넷에 올라오는 글이 없었다. 결국 김아름이 자퇴생이라는 소문이 돌았고, 왕따를 당해서 자퇴했다는 소문도 있었지만, 정작 김아름은 자신의 과거에 대해서 입을 다물었다. 당연했다. 왕따의 피해자가 아니라 가해자였으니까.

김아름은 〈떨어져요〉 뒤로도 소외되거나 외로운 사람들의 입장에서 쓴 몇 개의 자작곡을 불렀고, 그때마다 심사위원들로부터 좋은 점수를 받았다. 김아름은 무대 밖에서는 심하게 긴장하고 말을 더듬거리다가도 노래만 시작하면 몰입하는 모습을 보였다. 김아름이 노래를 할 때, 방청객은 울었고 심사위원은 감탄했다. 김아름은 담담하게 노래를 불렀다. 그 모습이 사람들을 더 슬프게 만들었다. 소녀A가 사람들을 울게 만들수록 내 마음은 싸늘하게 굳었다.

TJ가 TOP5에 든 걸 생각하면 좋았지만 소녀A도 함께였다. 소녀A는 지금쯤 혼자만의 공간에서 깨춤을 추면서 기뻐하고 있겠지. 원래 이중인격인 애니까 말이다.

'김아름이 오늘 떨어졌으면 좋았을 텐데, 정말 좋았을 텐데.'

나는 생각하고 또 생각했다.

*

아침 열 시에 느지막이 일어났다. 보통 고등학생이라면 벌써 3교시가 시작될 시간이었지만, 나에게는 해당되지 않았다. 나는 자퇴생이었다.

엄마는 내가 자퇴를 하게 된 것이 계속되는 왕따 때문이라고 멋대로 생각했지만 난 중학생이 된 이후 왕따를 당한 적이 없었다. 엄마는 내가 또 왕따를 당할까 봐 다른 동네로 이사까지 했다. 나도 왕따를 당하지 않도록 최선을 다했다. 튀는 말은 하지 않도록, 성적이 좋다고 잘난 척하지 않도록, 살이 많이 찌지 않도록, 여드름이 나지 않도록, 교복이 촌스럽게 길거나 날라리같이 짧지 않도록, 선생님의 주목을 받지 않도록, 너무 혼자만 있지 않도록, 친해지려고 '나대지' 않도록 조심했다. 무엇보다도 초등학교 때 왕따였다는 걸 티 내지 않도록 조심했다. 그러다 보니 왕따가 되지 않았다. 친구도 생겼다.

그다음부터는 다른 문제가 나를 괴롭혔다. 시도 때도 없이 지독한 피곤이 밀려왔다. 학교에서 신경이 곤두서 있다가 집에 돌아오면 가방도 풀지 못한 채 쓰러져 잠들고는 했다. 아침에 일어나는 게 점점 힘들고, 걸으면서도 꾸벅꾸벅 졸았다. 보다 못한 엄마는 한약을 먹이고 병원에 가서 이런저런 검사도 받게 했지만 나아지지 않았다. 학교에 가는 척하다가 엄마가 출근하고 난 뒤에 다시 침대로 돌아와서 하루 종일 잠을 잤다. 이럴 바에야 자퇴를 하는 게 나을 것 같았다. 하지만 엄마를 생각해서 차마 말할 수 없었다.

엄마는 혼자서 나를 키웠다. 이 년 전까지는 외할머니가 같이 계셨지만 돌아가신 뒤로는 우리 둘이 살았다. 내가 왕따를 당했을 때도, 몸이 아파서 학교에 자주 빠질 때도 엄마는 자기 탓을 했다. 내가 평범하게 학교생활을 못 하는 게 아빠가 없어서라고 믿는 듯했다. 그건 사실이 아니었지만, 엄마에게 복잡한 사정을 설명하지 않아도 되어서 나름대로 편했다.

결국 자퇴를 한 건 중학교 삼학년 때 생긴 공황장애 때문이었다. 움직일 수도, 소리 지를 수도 없는 공포 속에서 바들바들 떨었다. 심리상담가는 지속적인 상담을 권유했다. 상담비는 우리 형편에는 턱없이 비쌌고, 엄마는 결국 자퇴를 허락했다.

엄마가 해 놓은 반찬에 밥을 대충 먹었다. 학교에 있다면 급식을 먹을 시간이었다. 가끔은 아이들끼리 시끌벅적하게 급식실로 향하던 때가 생각났다. 그날 점심 반찬에 따라서 기분이 좌우되고, 정해진 시간표대로 따라가다 보면 하루가 끝나 버리는 수동적인 일상이 그리울 때도 있었다.

자퇴를 한 이후로는 하루 이십사 시간을 어떻게 보낼지 스스로 결정해야 했다. 매일 일정한 시간에 일어나려고 마음먹었지만 쉽지 않았다. 늦게 일어난 만큼 늦게 잤다. 대부분의 공부는 독서실에서 혼자 했고 부족한 건 온라인 강의로 해결했다. 공부는 스스로 부끄럽지 않을 만큼은 하려고 했다. 공부는 내가 아직 학생이길 포기하지 않았다는 증거였고 엄마에 대한 죄책감도 어느 정도 줄여 주었다.

공부를 하다가 쉬는 시간을 정해 놓고 TJ의 사진과 영상을 봤다. 너무 깊게 빠지면 공부에 방해가 될까 봐 데이터도 줄였지만 와이파이가 있는 곳에 가면 나도 모르게 TJ를 검색했다. 유일하게 즐거운 시간이었다. 그리고 또 한 가지, 타로가 있었다.

매주 금요일은 타로 카드 개인 교습을 받는 날이다. 독서실을 제외하면 내가 주기적으로 드나드는 유일한 곳이다. 타로 카드와 스프레드천을 챙겨서 집을 나왔다.

"호두 왔구나."

〈The Taro〉에 들어서자 타로 선생님인 나나 언니가 맞아 주었다. 어딘가 서양 마녀 같은 느낌이 물씬 나는 진보라색 벨벳 드레스가 언니의 통통한 몸을 감싸고 있었다. 팔꿈치부터 우아하게 넓어지는 소매가 특이했다. 아이섀도도 짙은 보라색이었는데 기묘하게 어울렸다. 언니는 독특한 스타일의 드레스를 즐겨 입었다. 언젠가 그 옷들은 대체 어디서 파는 거냐고 물어본 적이 있었다. 인터넷, 이라는 짧은 대답이 돌아왔었다.

언니는 나를 호두라고 불렀다. 첫 수업 때 불리고 싶은 이름이 있냐고 물었었다.

불리고 싶은 이름이라. 그런 건 한 번도 생각해 본 적이 없었다.

"딱히 없으면 그냥 이름으로 부르고."

"호두요."

내가 말했다. 즉흥적으로 지은 것이었다.

"견과류 좋아하니?"

"그렇다기보다는, 딱딱하잖아요. 겉이."

나나 언니는 여전히 궁금하다는 듯 나를 물끄러미 봤다. 나는 설명을 하기 시작하면 길어질 것 같아서 입을 다물었고, 언니는 더이상 묻지 않았다.

호두를 떠올린 것은 호두에 대한 글을 본 것이 문득 생각났기 때문이었다. 호두 껍질이 두꺼운 이유를 설명한 글이었다. 호두는 알맹이를 보존하기 위해서 껍질을 딱딱하게 만든다고 했다. 껍질이 벗겨지는 순간 알맹이가 산패되기 시작한다. 누구에게나 자신을 지키기 위해 그런 단단한 껍질이 필요했다.

타로 카드를 배우기 시작한 것은 자퇴를 결심하기 얼마 전이었다. 우연히 〈The Taro〉라는 간판을 보고, 홀린 듯이 들어갔다. 지금 내가 처한 상황을 초현실적인 힘이 알려 줬으면, 싶기도 했다. 벽면에는 질문 하나당 오천 원이라고 씌어 있었다.

검은 드레스를 입은 여자가 내 앞에 앉았다. 나나 언니와의 첫 만남이었다.

"뭐가 궁금해요?"

"아무거나 물어봐도 되나요?"

"나쁜 질문이라는 건 없어요."

"음, 제가 자퇴를 하게 될까요?"

자기 마음도 모르고 카드 따위에게 묻다니. 마치 결정권이 내가 아닌 카드에게 있는 것처럼 말이다. 내 귀에는 바보같이 들렸지만, 나나 언니는 당황하는 기색이 없었다. 수정구슬 위에 손을 얹고 자신의 말을 따라 하게 했다.

"제가 알고자 하는 진실을 보여 주세요."

"제가 알고자 하는 진실을 보여 주세요."

그러고는 유려한 손길로 카드를 펼쳤다.

"질문을 마음속으로 생각하며 카드를 열 장 뽑으세요."

나는 신중하게 카드를 골랐다. 나나 언니는 내가 뽑은 카드를 뒤집어 원 모양으로 카드를 배치했다. 카드를 뒤집자 거꾸로 매달린 사람이 그려진 카드도 있고, 해골 그림과 함께 '죽음(Death)'이라고 적힌 오싹한 카드도 있었다. 뜬구름 위에 여러 개의 컵들이 떠 있는 그림의 카드도 있었다.

"곧 생활이 많이 달라질 거예요."

"자퇴를 하게 될 거란 뜻인가요?"

"카드가 얘기해 주는 바에 따르면, 네, 할 것 같네요. 여전히 본인의 의지에 달려 있긴 하지만요."

나는 한가운데 놓인 '죽음' 카드를 가리켰다.

"이건 좋지 않은 카드인가요?"

"절망적으로 보이나요? 그런데 꼭 그렇지만은 않아요. '죽음'은 상황의 종결을 뜻해요. 동시에 새로운 시작을 뜻하기도 하지요. 끝은 새로운 시작이니까. 현재의 상황에서 벗어나는 게 필요한 상황이라면, '죽음' 카드는 오히려 긍정적인 의미를 가질 수 있어요."

나는 보이는 것과는 다른 해석이 마음에 들었다. 그날 〈The Taro〉에서 나오며 유리창에 '타로 카드 개인 교습합니다'라고 적힌 걸 보았다.

"개인 교습도 하시나 봐요?"

서양 마녀는 가게 입구에 있는 명함을 건넸다. 몇 달 뒤 나는 자퇴를 했다. 그리고 타로를 배우기 시작했다.


나나 언니와의 수업방식은 간단했다. 수업시간마다 서너 개씩 카드를 골라서 뜻을 공부했다. 나는 정해진 뜻을 알기 전에 카드에서 무엇이 느껴지는지 이야기했다. 언니는 카드와 교감하는 것이 더 중요하다고 했다. 카드점을 보는 것은 그다음이라고 했다.

오늘 배운 카드는 두 장이었다. 한 장은 죽음(Death), 다른 한 장은 절제(Temperance)였다.

"이건 좀 익숙하지 않아?"

언니가 해골의 전사가 말을 타고 있는 카드를 가리키며 말했다.

"제가 처음 왔을 때 나왔던 카드네요. 죽음 카드잖아요."

"맞아. 느낌이 어때?"

"처음 봤을 때는 오싹했는데, 이제 꼭 그렇지만은 않아요. 죽음이 새로운 시작이라는 것도 알고 있으니까요."

"맞아. 사람은 살면서 몇 번씩 죽음을 경험하기 마련이지. 실제로 죽는 건 아니고, 정신적으로 다시 태어나는 경험을 하는 거야. 그때 자퇴를 한 것을 일종의 '죽음'이라고 생각한다면, 지금의 너는 새롭게 탄생한 거야."

"또 하나는 뭐예요?"

내가 '절제' 카드를 가리키면서 말했다. 천사가 한 개의 컵에서 다른 컵으로 물을 흘리고 있는 이미지였다.

"절제 카드는 중용과 조화를 의미해. 어떤 상황에서도 한쪽에 치우치지 않으려는 궁극의 균형을 추구하고 있지. 참을성이 대단하겠지?"

"부럽네요. 전 참을성이라고는 조금도 없는데."

"그건 나도 그래. 오늘 점심 메뉴 고를 때 이 카드를 떠올렸지."

"뭐 드셨는데요?"

언니는 그 상황이 다시 떠오르는 듯 얼굴을 찌푸렸다.

"우동이랑 돈까스 고민하다가 세트 메뉴로 둘 다 먹었어."


"루이보스 티 줄까?"

수업이 끝나고 갈 준비를 하는데 언니가 물었다. 언니는 면역력에 도움이 된다며 붉은빛의 차를 내밀었다. 차를 마시며 언니가 지난주에 샀다는 타로 카드를 구경했다.

밤의 계곡이나 하늘을 배경으로 한 이미지가 신비로웠다. 나는 그리스 신화에 나올 법한 늘씬한 남신의 이미지가 나오는 카드를 홀린 듯이 바라보았다. 긴 팔다리와 깎은 듯 날렵한 얼굴형이 TJ를 생각나게 했다. 그 옆에 서 있는 여신도 팔등신의 늘씬한 몸으로 빛을 뿜고 있었다. 나도 모르게 소녀A가 떠올라 고개를 흔들었다. 카드의 의미는 'LOVE'. 사랑이었다.

"'밤의 정령'을 모티프로 만든 카드래. 미국에서 직수입한 데다가 수량이 별로 없어서 구하기 힘들었어."

"예쁘네요."

나는 카드를 바라보며 그 안에 담긴 상징과 의미들, 그것이 정말 내 질문에 답을 줄 수 있을지 궁금해졌다. 타로 카드를 배우면서도 나는 타로를 완전히 믿지 못했다. 카드 따위가 내 운명을 알려 준다고 생각하지 않았다. 그건 낙관적인 사람들이나 가능한 일이었다. 내가 타로를 좋아하는 이유는 예쁘기 때문이었다. 상징으로 가득한 이미지를 바라보다 보면 시간이 훌쩍 갔고, 잠시나마 현실을 잊을 수 있었다.

"여기 오는 사람들, 주로 어떤 질문을 해요?"

"다양하지. 떼인 돈을 받을 수 있을지, 좋아하는 남자랑 사귈 수 있을지 물어보는 사람도 있고, 자신이 어떤 선택을 해야 하는지 묻기도 해."

"내 마음을 카드에 묻는 게 조금 우스울 때가 있어요. 내 마음을 가장 잘 아는 건 바로 나 자신인데 말이죠."

나나 언니는 흥미롭다는 듯이 나를 보았다.

"사람들이 자기 마음을 다 잘 안다면, 왜 타로나 사주를 보는 걸까?"

"그건 미래를 보고 싶어서 아닐까요?"

"미래를 만드는 게 바로 현재의 선택이야. 그런 사람들은 현재의 자신이 뭘 원하는지 모르잖아."

언니의 말은 묘하게 설득력이 있었다. 가끔은 타로 선생님이 아니라 상담 선생님처럼 느껴졌다. 언니의 나이는 얼마나 됐을까. 얼굴만 보면 스물서넛 정도로 보였지만, 레게에 가까울 정도로 뽀글거리는 파마머리와 옷차림 때문인지 그보다 많을 것 같기도 했다. 언니가 커피를 한 모금 마시더니 덧붙였다.

"네 말대로 자기 마음을 가장 잘 알 수 있는 건 자기 자신이야. 스스로 마음을 파악할 수 있을 때까지 타로는 힌트를 주는 수단인 거고. 모든 사람은 자기 마음을 들여다보는 자신만의 수단이 있어야 한다는 게 내 생각이야. 타로가 될 수도 있고, 음악이든 그림이든 글이든, 뭐든 좋지."

〈The Taro〉를 나와 독서실로 왔지만 〈넥아타〉 검색만 한 시간째 하고 있었다. 설문조사 결과를 보는 바람에 기분이 나빠져 버렸다. 〈넥아타〉 최종 결과에 대한 사전조사를 했는데 김아름이 TJ를 약간의 차이로 앞서면서 1위를 했다. 소녀A가 사전조사에서 1위를 한 것은 처음이었다. 내가 할 수 있는 일도 없는데 마음이 조급해졌다. 김아름 따위가 1위를 한다고 생각하면 견딜 수 없었다.

책을 덮고 독서실 앞 편의점으로 향했다. 편의점에서는 김아름의 목소리가 흘러나왔다. 〈넥아타〉에서 부른 노래들이 연달아 나오고 있었다. 요새는 어딜 가나 김아름의 목소리가 들리는 것 같다. 이어폰으로 귀를 막고 TJ의 노래를 들었다. TJ와 관련된 동영상이 새로 나오지 않았는지 검색해 보았다. 대부분의 동영상이 '이미 시청함'으로 떴다. 연관 동영상의 썸네일에 김아름의 얼굴도 간간이 보였다. '소녀A가 음악천재인 10가지 이유' '소녀A 레전드 무대 모아보기' 같은 제목을 눈으로 훑다가, 휴대폰을 꺼 버렸다.

창밖의 거리를 바라보면서 컵라면을 먹었다. 편의점 앞 테이블에는 중년의 아저씨 둘이 소주를 마시고 있었다. 그 뒤로 교복을 입은 내 또래 아이들 세 명이 걸어가는 게 보였다. 한 명이 허리를 꺾으면서 웃자 다른 두 명도 전염된 듯이 웃기 시작했다. 조금만 더 가까이 있었다면 나조차 전염될 것 같은 웃음이었다.

평소에 나는 교복 입은 아이들과는 동선이 겹치지 않도록 신경을 썼다. 교복 입은 아이들을 보면 심장이 두근거리기 때문이다. 나는 학교가 없는 세계에서 살아가고 있다고 상상하는 걸 좋아했다. 스무 살이 될 때까지 아이들은 모두 각자의 집이나 도서관에서만 살아야 하고, 스무 살이 되면 비로소 집단을 이룰 자격이 주어지는 그런 세계를 상상했다. SF 소설에나 나올 법한 상상이었다. 거리에서 교복 입은 아이들과 마주치면 순식간에 무너지고 마는 거짓의 세계였다.

한 아주머니가 실수로 의자를 치고는 "학생, 미안해" 하고 지나갔다. 사람들 눈에 나는 몇 살쯤으로 보일까? 아직 어른도 아니고 학생도 아닌, 애매한 위치에 있는 것 같았다. 검정고시에 붙고 대학교에 가면 다시 평범해질 수 있을 것이다. 친구를 만들고, 좋아하는 일을 찾아서 하고 좋아하는 사람을 찾아 연애를 할지도 모른다. 그런 일이 일어난다는 게 비현실적으로 느껴졌다.

컵라면을 다 먹었지만 독서실로 돌아가고 싶지 않았다. 집으로도 가고 싶지 않았다. 가고 싶은 곳도 없고, 하고 싶은 것도, 만나고 싶은 사람도 없었다. 김아름의 존재를 알게 된 뒤로 오 년 전의 일이 시도 때도 없이 떠올라 일상을 방해했다. 모두가 잘 지내고 있었다. 서지희도 여전히 친구들에게 둘러싸여 있고, 김아름은 사람들이 부러워하는 자리에 있었다. 그야말로 스타였다. 혼자인 것은 나뿐이었다. 불공평했다. 이 불공평한 상황을 바로잡아야 했다.

갑자기 가슴이 뛰고 어지러웠다. 공황장애의 전조증상이었다. 나는 떨리는 손으로 컵라면 국물을 서둘러 버리고 편의점 밖으로 나왔다. 눈앞에 보이는 큰 나무로 달려가서 나무에 몸을 바짝

붙였다. 천천히 호흡하려고 애쓰면서 나무를 바라보았다. 마치 노인의 손등 같은 나무의 표면을 한참이나 뚫어지게 바라보았다. 이유는 모르겠지만, 발작이 시작되려고 할 때 가장 효과가 있는 방법이었다.

호흡이 가라앉자 그 자리에서 벗어나고 싶었다. 문득 차에 치여 죽고 싶다는 생각이 들었다. 달려오는 차에 부딪혀, 한순간에 소멸하는 것이다.

\*

며칠 뒤 예상치 못한 사건이 일어났다. TOP5 중 하나였던 알렉스가 중도 하차를 하게 된 것이다. 그가 폭행 사건의 가해자였다는 글이 인터넷에 올라왔다. 함께 올라온 동영상에는 알렉스가 주먹으로 후배의 몸을 무차별적으로 때리는 모습이 고스란히 찍혀 있었다. 그 영상을 몇 번이나 돌려서 보았다. 그동안 알렉스는 미국에서 온 순수 청년 이미지를 쌓아왔다. 이미지와 현실이 얼마나 다를 수 있는지를 보여 주는 영상이었다.

알렉스는 팬들을 실망시켜서 죄송하다는 글을 올렸고, 곧이어 제작진이 알렉스의 하차를 알렸다. 나는 알렉스에게 화가 난 사람들의 댓글을 읽었다. 한순간에 돌아선 팬들, 그중에는 원색적인 말로 알렉스를 비난하는 악플도 있었다.

김이 좀 빠진 채로 남은 네 명이 결승전을 치르게 되었다. 알렉스 일을 무마하고 싶었는지 〈넥아타〉 제작진들이 새로운 이벤트를 만들었다. 〈넥아타〉 Top4 팬미팅을 열기로 하고 홍보에 열을 올렸다. 팬미팅은 무료였고, 무작위 추첨으로 티켓을 나눠 준다고 했다. 팬들은 제작진이 알렉스 사건을 묻으려고 한다는 걸 뻔히 알면서도, 팬미팅 자체는 반기는 분위기였다. 하지만 높은 경쟁률을 두고 '전생에 나라를 세 번은 구해야 당첨될 확률'이라고 자조 섞인 말들을 했다. 나도 엄청난 경쟁률 때문에 큰 기대는 안 했지만, 막상 팬미팅에 가게 된다고 상상하면 대책 없이 두근거렸다. TJ를 현실에서 볼 수 있다는 건 생각만으로도 벅찬 일이었다. 살아 움직이는 TJ와 한 공간에 있을 수 있다면 무슨 일이든 할 수 있었다.

잠을 설치고 퀭한 얼굴로 〈The Taro〉에 갔다.

"새로운 자극이 필요하겠군."

나나 언니는 맥없이 앉아 있는 나에게 오늘부터 점 보는 방법을 가르쳐 주겠다고 했다. 원카드처럼 한 장의 카드로 카드점을 보는 방식이었다.

나는 수정구슬 위에 손을 얹고 주문을 외웠다.

"제가 알고자 하는 진실을 보여 주세요."

"이제 질문을 해야지."

"〈넥아타〉에서 TJ가 1등을 할 수 있을까요?"

첫 질문이 고작 이거냐고 비웃을 줄 알았는데 언니는 진지한 얼굴이었다. 충분히 섞은 타로 카드를 부드러운 천 위에 펼쳤다. 아직은 어설펐지만, 카드가 활처럼 곡선을 그리며 펼쳐지자 두근 거리기 시작했다.

나는 신중하게 타로 카드를 한 장 뒤집었다. 왕이 그려진 카드 였다. 왕의 의자 아래로는 물이 흐르고 있었다. 당연히 TJ라면 왕 이 될 자격이 있었다. 마음에 걸리는 것은 왕의 발 아래로 흐르는 물이었다.

"물이 의미하는 건 뭐예요?"

"카드에 그려진 물은 여러 가지 의미를 갖지. 이 카드에서는 '의 심과 불안'을 뜻하는 거야. 왕은 왕인데, 근심이 있는 왕인 셈이 지."

TJ는 지금 불안한 걸까? 우승을 못할까 봐? 마지막 무대에서 실수할까 봐, 팬들을 실망시킬까 봐 두려운 걸까?

다음 카드는 TJ의 경쟁자인 김아름을 생각하며 뒤집었다.

"그 아이의 마음을 알려 주세요. 행복한지, 불행한지."

두 여신이 아름다운 물병을 들고 춤을 추고 있었다. 이미지만 보아도 긍정적인 카드라는 걸 알 수 있었다.

"굉장히 행복해 보이네요."

"행복과 번영의 카드야. 창조력이 높아졌을 때 나오는 카드지. 이 카드에서 물은 감수성을 의미하거든."

김아름은 지금 충만하고 행복한 모양이었다. 최근에 김아름이 만든 노래들은 모두 좋은 평가를 받았다.

마지막 질문은 팬미팅에 당첨될 가능성을 알아보는 데 썼다. 또다시 공들여 타로 카드를 섞었다. 내가 뽑은 건 태양 카드. 밝은 태양 아래 웃고 있는 아이의 모습이 그려진 카드였다. 나나 언니가 씽긋 웃어 보였다.

"기대해 봐도 되겠는데?"

유일하게 마음에 드는 카드였다.

"저, 하나만 더 해 봐도 될까요?"

수업시간은 끝났지만 언니는 허락해 주었다. 나는 수정구슬을 깊게 들여다보았다.

"제가 알고 있는 진실을 알리는 게 좋을까요?"

나는 공들여 카드를 섞고 또 섞다가 카드를 하나 떨어뜨렸다. 언니는 떨어진 카드를 뒤집어 보라고 했다.

스워드7 카드. 싸움에서 이긴 듯 칼을 들고 의기양양한 남자의 모습이었다. 그런데 어쩐지 표정이 밝아 보이지 않았다.

"이건 무슨 카드지?"

"도둑 카드네요. 당장 얻는 건 있지만, 양심에는 거슬리는 선택이라는 뜻이죠."

"그렇지! 그동안 가르친 보람이 있군. 표정이 썩 좋지 않지? 상처뿐인 승리, 그게 이 카드의 의미야."

〈The Taro〉를 나서려는데 언니가 나를 불렀다.

"놀다 갈래? 예약한 사람이 늦는다네."

언니는 커피를 건넸다.

"뭐 고민 있어? 피곤해 보여."

"그냥 잠을 잘 못 잤어요. 불안해서요."

"뭐가 불안한데?"

"저 자퇴생이잖아요. 자퇴생의 삶이 다 그렇죠 뭐."

"자퇴생의 삶이 다 그렇긴 뭐가 그래. 난 엄청 쿨하고 멋진 자퇴생도 만나 봤어. 그건 바로…… 나야."

두 손으로 꽃받침을 만들어 보이는 나나 언니의 연극적인 동작에 나는 웃음이 터져 버렸다.

"언니는 쿨한 자퇴생이었는지 몰라도 저는 사정이 좀 달라요. 저는, 저는, 그러니까, 왕따를 당했다고요. 하긴 자퇴는 그것 때문만은 아니고, 좀 복잡하지만요."

언니는 나를 지그시 바라보았다.

"호두야, 불안한 게 나쁜 것만은 아니야."

언니가 다음 말을 이어가려고 할 때 문이 열리는 요란한 소리와 함께 손님이 들어왔다. 가방을 챙겨 타로 샵을 떠나려는 데 언니가 다시 불렀다. 언니는 호두 두 알을 내밀면서 말했다.

"이건 선물. 그리고 다음에 만나면 내 얘기를 해 줄게."

독서실에 가려고 하다가 계획에도 없이 버스를 타 버렸다. 한강을 지나가는 버스였다. 자퇴생이라는 신분이 이런 충동을 허락했다. 물론 긴 산책 뒤에 따라오는 죄책감도 감당해야 했다.

TJ의 노래를 들으면서 창밖을 내다보니 머리가 맑아지는 것 같았다. 버스가 한강을 지나갈 때는 TJ의 노래 중에서 내가 가장 좋아하는 곡이 들렸다. 오랜만에 행복한 기분이 몰려왔다. 무심코 옆 차선에 서 있는 버스를 보기 전까지는 그랬다. 버스 옆면에는 김아름의 얼굴이 커다랗게 새겨져 있었다. 김아름의 팬들이 낸 광고인 듯했다. 김아름의 사진 옆으로 '우리의 천사 김아름, 너의 우승을 기원해!'라고 적혀 있었다.

행복한 기분이 거짓말처럼 사라졌다. 김아름은 예고 없이 나타나서 날 불행하게 만들었다. 예전이나 지금이나 마찬가지였다.

마지막 타로 카드에서 본 미소가 떠올랐다. 그 카드를 본 사람이라면 대부분 비열한 미소라고 느낄 것이다. 뭔가를 몰래 훔쳐서 달아나는 사람의 미소였다. 하지만 내가 카드에서 본 것은 비열함이 아니라 승리였다. 비겁한 승리라고 해도 승리는 승리였다. 한 번도 이겨 보지 못한 사람에게는 상처뿐인 승리라도 겪어 볼 기회가 주어져야 하지 않을까. 주머니에 손을 넣고 호두를 만지작거렸다. 달그락, 달그락 소리가 났다.

*

타로의 신은 정말 있는지도 모르겠다. 〈넥아타〉 팬미팅에 당첨되었다. 인터넷 화면에 뜬 '축하합니다'라는 글씨를 보고도, 얼마 뒤에 내 휴대폰으로 전송된 인증문자를 보고도 믿을 수가 없었다.

게시판에는 희비가 교차했다. 운좋게 당첨된 사람들이 인증샷을 올리며 자랑을 했다. 나도 팬미팅에 간다는 게 믿기지 않아서 문자를 보고 또 보았다. 며칠간 들뜬 채로 보냈다. 인터넷으로 TJ의 얼굴이 새겨진 티셔츠를 주문했다. 내가 좋아하는, 치아가 다 보이게 웃는 TJ의 웃음이 담긴 사진이었다.

나는 하루 종일 〈넥아타〉의 세계에 빠져 있었다. 막바지에 접어들면서 하루에도 수십 개의 영상과 기사가 쏟아졌다. TJ에 관련된 글이나 영상은 모조리 읽고, 보았다. 어느 순간부터는 사진과 영상을 보는 것만으로는 만족이 안 되어서 상상을 하기 시작했다. 무대 위에서 TJ가 어떻게 말하고 어떤 표정을 짓고 어떤 춤을 출지 상상하는 것을 멈출 수가 없었다. 허공에 붕 뜬 채로 하루하루를 보냈다.

어느 순간부터 상상 속에 김아름이 끼어들기 시작했다. 상상 속의 김아름, 아니 소녀A는 무대 위에서 넘어지고, 노래를 하다가 삑사리가 나고, 화장이 번져서 얼굴이 엉망이 되었다. 그리고 누군가의 고발로 무대 위에서 과거가 까발려지기도 했다. 모두가 소녀A를 비난하기 시작하고, 그 애는 무대에서 사라져 버렸다.

독서실에서 강의를 틀어 놓고도 나는 상상에서 벗어날 수 없었다. 촘촘하게 세워 놓은 공부 계획표는 벌써 밀리고 밀려서 더 이상 쳐다보지도 않았다. 상상이 주는 기쁨이 강력했다. 팬미팅 때 무대 위에 뛰어 올라가 소녀A는 나쁜 년이라고 소리를 지르는 상상이 가장 짜릿했다. 정말 해 버릴까, 하는 생각이 문득 들기도 했다. 아니면 소녀A가 한 일을 적은 종이를 팬미팅 현장에 뿌리는 건 어떨까.

가끔 인터넷으로 소녀A를 검색해 보고는 했다. 김아름의 얼굴을 보는 건 짜증이 났지만, 한편으로는 궁금한 마음을 참기 어려웠다. 그 애가 입은 옷, 표정, 행동, 화장법 같은 것을 보면서 예전의 김아름과 어떤 점이 달라진 건지 알아내려고 했다.

팬들은 그 애를 '말더듬이 천사'라고 불렀다. 김아름이 숨기려고 애썼던 말더듬도 지금은 그 애만의 독특한 매력이 되었다. 소녀A의 한결같은 과묵함과 수줍은 모습은 상처로 얼룩진 과거를 암시했고, 언제 떨었냐는 듯이 무대에서 노래에 푹 빠져 버리는 모습은 소녀A가 천재라는 증거였다. 김아름은 SNS도 하지 않았는데 그것조차 팬들에게는 특별하게 여겨졌다. 소녀A가 자신의 모습을 포장하기보다는 오로지 노래로만 승부하는 아티스트라고 믿게 만들었다.

물론 소녀A를 싫어하는 사람들도 많았다. 출연자 중에 TOP4에 같이 올라간 래퍼 엘리는 '가식덩어리'라면서 소녀A를 대놓고 비난했다. 인터뷰 도중에 '우승에는 큰 관심이 없고, 그냥 노래하고 싶다'고 말하는 소녀A에게 '그럼 집에 가. 여긴 우승하고 싶은 사람들만 오는 곳이니까' 하고 말하기도 했다. 엘리는 말을 걸러서 하지 않았고, 말 때문에 구설수에 자주 올랐다. 하지만 그런 엘리가 솔직해서 좋다는 사람도 있었다.

소녀A의 영상을 보면서 나는 한 가지 사실을 깨달았다. 그 애는 변한 듯 변하지 않았다는 것이다. 물론 살도 빼고 카메라 마사지인지 관리를 한껏 받아서 겉모습은 달라졌지만, 그 애가 보여주는 행동은 비슷했다. 육학년 때 그랬던 것처럼 말이 없고, 속내를 드러내지 않았다. 사람들이 그 애에 대해서 이러쿵저러쿵 판단하도록 내버려 두었다. 그 애를 특별하게 만든 건 바로 사람들이었다. 그 애를 좋아하거나 싫어하는 사람들이 그 애를 음악천재로 만들기도 하고, 가식덩어리로 만들기도 했다.

그 사람들의 마음을 돌린다면 한순간에 소녀A는 보잘것없는 김아름으로 돌아갈 것이다. 말을 더듬고, 친구도 존재감도 없는 김아름 말이다.

독서실에도 가지 않고 집에 처박혀 있던 어느 날, 엄마가 어쩐

일인지 일찍 퇴근하고 돌아왔다. 엄마 손에는 택배 박스가 들려 있었다. 나는 TJ가 그려진 티셔츠를 꺼내서 인쇄가 잘 되었는지 보느라 여념이 없었다.

"구유진, 잠깐 이리 와서 앉아 봐."

옷도 갈아입지 않고 식탁에 앉은 엄마의 표정이 좋지 않았다.

"오늘 독서실 안 갔어?"

"몸이 안 좋아서 쉬었어."

"독서실에 전화해 봤어. 요새 안 가는 날이 더 많다며. 널 어디까지 봐줘야 하니?"

긴 잔소리 끝에 "중졸로 살 거야?"라는 말을 하고 엄마의 침묵이 시작됐다. 엄마는 잔소리를 하다가도 내가 스트레스를 받아 공황장애가 올까 봐 두려워했다. 엄마가 한층 누그러진 말투로 말했다.

"너 잘 키우려고 엄마 노력했어. 내 인생에 너 말고 뭐가 있니."

나는 원래부터 아빠가 없는 아이였고, 딱히 그걸 결핍으로 느끼지 않았다. 하지만 엄마는 내가 왕따를 당하고 몸이 아프고 자퇴를 결심한 모든 순간을 아빠의 부재 탓으로 돌렸다. 나는 엄마의 기분을 풀어 주려고 일부러 밝게 말했다.

"그럼 나 말고 다른 걸 좀 만들어. 남자친구를 만들든가."

엄마는 듣기도 싫다는 듯이 손을 내저었다.

엄마의 피로에 찌든 얼굴을 보니까 얼마 전 편의점 앞에서 안

고 있던 나무가 생각났다. 엄마를 보는 건 불편했지만, 안아 주고
싶은 마음도 들었다.

"다음주부터 다시 열심히 할 거야. 정말이야."

스스로에게 주문을 걸 듯 말했다.

팬미팅만 다녀오고 나면 모든 것이 정상이 될 거라고, 근거는
없지만 나는 그렇게 믿기로 했다.

*

막상 팬미팅 날이 임박하자 긴장을 견디지 못하고 토할 것 같
은 기분이 들었다. 전날 밤에는 차라리 사이트에서 표를 팔아 버
릴까 생각할 정도였다. 무료 티켓이라서 판매는 금지되어 있지만,
인터넷에서 어마어마한 가격으로 거래되고 있었다.

팬미팅을 하는 날 나는 아침부터 안절부절못했다. 가진 옷 중
에서 가장 마음에 드는 걸 입고, 화장도 했다.

콘서트 시작까지 한참 남았는데도 현장에는 사람들로 가득했
다. 팬들은 일찍 와서 굿즈를 팔기도 하고, 자기가 응원하는 후보
의 플랜카드를 나눠 주기도 했다. 나는 TJ 이니셜이 새겨진 머리
띠와 야광봉을 샀다. 입장이 시작될 때까지 나는 공연장 밖을 돌
아다니며 들뜬 사람들을 구경했다. 그 자체로 축제 같았다. 소녀A
의 팬들은 '소녀A'라고 씌어진 머리띠를 쓰고 다녔다. 나는 아무

잘못도 없는 그 사람들을 매섭게 노려보았다. 그 사람들을 붙잡고 소녀A의 만행을 이야기해 주고 싶었다.

입장이 시작되었다. 내 자리는 꽤 앞쪽이었지만 왼쪽으로 심하게 치우쳐 있었다. TJ가 무대 왼편에 서기를 바랄 수밖에 없었다. 좌석에 앉은 다음에도 삼십 분 동안 영상만 나왔다. 그동안 〈넥아타〉에서의 여정을 담은 영상이었다. 네 후보들의 예선무대부터 치열했던 미션들, 긴장 속의 TOP5 결정전. 사람들은 자기가 좋아하는 후보가 영상에 보일 때마다 실제로 만나기라도 한 듯 환호성을 질러 댔다.

긴 기다림 끝에 불이 꺼지자 사람들의 환호가 절정에 이르렀다. 어지러워서 주저앉을 것만 같을 때, 드디어 네 개의 핀조명 아래 TOP4의 얼굴이 나타났다.

소녀A가 내 눈앞에 서 있었다.

밝은 빛이 소녀A를 비추고 있었다. 그 애는 기타를 들고 밝게 웃고 있었다. 오 년 만에 처음 그 아이를 다시 보았다. 다시 그 애를 보면 어떤 기분이 들지 궁금했는데, 그저 얼떨떨했다. 강렬한 조명과 사람들의 환호성 때문에 뇌의 어떤 부분은 기능을 멈춘 것 같았다. 뒤늦게 TJ를 찾으려 했지만 얼굴도 잘 안 보이는 맞은편 끝에 서 있었다.

팬미팅은 후보들의 합동무대로 시작되었다. 〈넥아타〉의 주제곡을 불렀는데, 원래 춤은 잘 추지 않는 소녀A가 가볍게 몸을 흔들자, 팬들의 환호가 쏟아졌다. 관중들은 자기가 응원하는 후보가 나올 때마다 경쟁하듯 소리를 지르고 미리 짜 놓은 응원 구호를 노래에 맞춰 외쳤다. 한 명씩 자신의 대표곡을 부르는 시간이 이어졌다. TJ가 나올 때는 잠시 모든 걸 잊을 수 있었다. 나도 모르게 응원 구호를 외치고 있었다. TJ의 단독 콘서트라면 좋았겠지만, 그의 무대는 너무 짧았다. 다음 순서는 김아름이었다. 무대 위에 있는 그 아이가 너무 밝아서 눈을 감아 버렸지만 귀까지 막을 수는 없었다. 그 애의 목소리가 아름답다는 건 인정할 수밖에 없었고, 그래서 괴로웠다.

팬미팅이 어느 정도 진행될 때까지 나는 내가 현장에 있다는 실감이 나지 않았다. 토크쇼가 시작될 즈음에야 나는 정신을 차리고 냉정한 눈으로 김아름을 볼 수 있었다. 사회자가 TJ에게 물었다.

"가장 강력한 우승 후보는 누구라고 생각하세요?"

TJ가 옆에 앉은 김아름을 보며 말했다.

"소녀A요. 어린 나이에 어떻게 이런 수준급의 곡을 만들 수 있는지 놀라워요."

TJ가 기특하다는 듯이 옆에 앉은 김아름의 머리를 쓰다듬는 시늉을 하자 관중석에서 환호가 흘러나왔다. TJ의 손은 김아름의 머리에 닿지 않고 허공에서만 움직였다. 연습생들끼리는 작은 스킨십도 조심하는 분위기가 있었다. 열애설이 날까 봐 조심스러운 것이다. 하지만 둘의 분위기는 의심을 살 만큼 다정했고 김아름을 보는 TJ의 눈빛이 유난히 따뜻했다. 오랜 시간 동안 같은 프로그램에 나오면서 쌓인 우정이라고 하기에는 유독 둘이 찍힌 파파라치 사진도 많았다.

사회자가 이번에는 소녀A에게 질문했다.

"마지막 무대에서 발표할 곡의 제목은 뭔가요? 궁금해하는 팬들을 위해 제목만 살짝 알려 주세요."

"제목은 〈도미노〉예요. 모든 일은 다 연결되어 있다, 과거와 현재는 무관하지 않다는 생각을 담아서 만든 곡입니다."

"직접 쓴 가사가 사실 개인적인 경험을 바탕으로 한 게 아니냐는 질문이 많은데요, 사실인가요?"

"음, 곡을 만들다 보면 과거의 경험이나 기억에 영향을 받는 것 같아요. 이번 곡도 마찬가지입니다."

"마지막 질문이에요. 소녀A는 익명의 존재를 표현한 거라고 알고 있어요. 이런 예명을 짓게 된 이유가 있나요?"

"제가 전학을 많이 다닌 데다가 늘 조용한 아이였거든요. 사람들의 기억에 별로 남지 못한 저 자신을 표현한 거예요. 연극에서 이름 없는 배역 소녀A처럼요."

나는 코웃음을 쳤다. 지금 무대로 올라가 소녀A에게 따지고 싶었다. 너의 기억 속에 날 왕따 시킨 기억은 없는 거냐고. 모두가 잊는다고 해도, 나는 그 애를 잊을 수 없었다.

사회자의 요청에 따라 후보들은 "〈넥아타〉 사랑해 주세요!"를 외치며 손으로 하트 모양을 만들어 보였다. TJ와 소녀A는 손을 모아서 하트를 만들었다. 관객 중의 누군가가 "둘이 사귀어라!" 하고 소리를 질렀다. 소녀A를 투명인간으로 만들고 싶었다. 소녀A가 나를 투명인간으로 만들었던 것처럼 나도 그럴 수 있으면 얼마나 좋을까.

하지만 그 아이는 무대에 있고, 나는 관객석에 있었다. 그 아이는 빛이 났고 나는 어둠 속에 있었다. 팬미팅 내내 부끄러워하고, 말수가 적은 것과는 별개로 그 아이는 행복해 보였다. 만약 김아름이 좀 덜 행복해 보였다면 기분이 좋았을까. 그건 잘 모르겠다.

그 뒤로 이어진 몇 개의 무대가 끝나고, 앵콜 무대까지 이어진 다음에야 팬미팅이 끝났다. 사람들의 무리에 밀리듯 빠져나왔다. 나는 투명한 몽둥이로 정신없이 맞은 것처럼 얼얼한 기분이 되어 집까지 걷기 시작했다. 걸으면 적어도 두 시간 이상 걸리겠지만 당장 지하철이나 버스를 탈 마음은 생기지 않았다. 걷는 도중에 비가 내리기 시작했다. 처음에는 무게가 느껴지지 않는 이슬비였는데 어느 순간 피부가 아플 정도의 묵직한 비로 바뀌어 있었다. 걸으면서 나는 오 년 전의 일들을 떠올렸다. 어느 때보다도 선명하게 그때 있었던 일들이 떠올랐다.

*

시작은 서지희였다. 원래 서지희와는 어렸을 때부터 같은 빌라에 살아서 단짝처럼 지냈다. 한 건물에 친한 친구가 산다는 것은 즐거운 일이었다. 한 층만 올라가서 문을 두드리면 언제나 같이 놀 친구가 있었다.

지희네는 집주인이었고 우리는 그 빌라에 세 들어 살았다. 지희네 집에는 늘 지희를 반겨 주는 엄마와 바쁘지만 주말마다 이리저리 지희를 데려가 주는 아빠가 있었다. 우리집에는 보험 일로 바쁜 엄마와 몸이 아픈 외할머니가 있었다. 엄마의 실적이 좋지 않아 몇 달인가 월세가 밀려서 지희 엄마가 찾아와 뭐라고 하는 걸 들은 적이 있었다. 엄마가 밀린 월세와 함께 집 앞에서 산 귤 한 봉지를 미안해하며 건네는 걸 지희도 본 적이 있을 것이다. 어릴 때도 서로의 처지가 다르다는 건 어렴풋이 알고 있었다. 어렸을 때는 '그런 차이'가 중요하지 않았다. 하지만 육학년이 되었을 즈음 '그런 차이' 때문에 우리는 멀어졌다.

한 번은 서지희가 교실에서 내 자리로 와서 말했다.

"야, 엄마한테 월세 좀 제때 내라고 해. 울 엄마 너네 집 때문에 스트레스 받잖아."

주변에 있는 아이들이 다 들으라는 식이었다. 그날 나는 아무런 대꾸도 하지 못한 게 분해서 집에 오는 내내 울었다.

서지희는 나의 가난과 아빠가 없는 가족을 남들 앞에서 까발리는 식으로 나를 따돌리기 시작했다. '구유진네 집에서는 이상한 냄새가 나, 외할머니가 죽어 가고 있거든.' '구유진네 아빠는 집을 나갔대. 자기 아이를 책임지기 싫어하는 남자들이 있대.' '우리 엄마가 쟤네 집 불쌍해서 월세를 못 올린대.' 서지희가 아무리 속삭이듯이 말해도 그 이야기들은 너무나 잘 들렸다.

김아름이 우리 반에 전학을 온 건, 서지희와의 관계가 최악으로 치달았을 때였다. 더 이상 지희와는 말하지 않는 사이가 되었고, 지희와 친한 아이들이 모두 나와 멀어져 버렸다. 왕따를 당한 건 아니지만 지희와 멀어졌다는 사실에 위축되어 있었다.

전학생 김아름은 좀 독특했다. 단정한 단발에 조용한 아이였는데, 지나칠 정도로 말이 없었고 쉬는 시간만 되면 어디론가 사라져 종이 치기 직전에야 자리로 돌아왔다. 아이들은 전학생에 잠시 관심을 가졌지만 곧 흥미를 잃고 말았다.

나는 김아름에게 관심이 생겼다. 다른 애들을 신경 쓰느라 예민해져 있는 나에게 만사에 무심해 보이는 김아름은 신선한 존재였다. 쉬는 시간에 어차피 말을 걸어 주는 애도 없으니, 나는 김아름의 뒤를 따라가 보기로 했다. 김아름이 간 곳은 아이들이 지나다니지 않는 과학실 쪽 복도였다. 김아름은 창밖을 바라보고 있었지만, 창밖에 딱히 볼 건 없어 보였다. 가까이 가서야 이어폰을 꽂고 있다는 걸 알았다.

"안녕."

나는 아주 조심스럽게 인사했다.

"아, 안녕!"

김아름은 화들짝 놀라서 대답했다. 나는 김아름의 눈빛을 보고 긴장했다는 걸 알았다.

"뭐 들어?"

"그냥, 노, 노래."

"무슨 노래?"

김아름이 한쪽 귀에 꽂혀 있던 이어폰을 나에게 건넸다. 한 번도 들어 본 적 없는 노래가 흘러나왔다. 우리 엄마, 아니 할머니나 들었을 것 같은 옛날 노래라는 것만 알 수 있었다. 나도 모르게 웃음이 터져 나왔다.

"너 취향 되게 독특하다."

"자, 자꾸 들으면 좋, 좋아져."

김아름은 다시 이어폰을 가져갔다. 그게 우리의 첫 대화였다.

김아름은 분명 특이한 아이였지만, 나름대로 재미있는 구석이 많았다. 한 달 안에, 나는 김아름에 대해서 여러 사실을 알게 되었다. 아버지가 군인이라서 사는 곳을 자주 옮겨 다닌다는 것과 사투리를 쓴다는 것도 알게 되었다. 그리고 김아름은 말더듬이 있었다. 말더듬이 심해질 때면 피아노 건반을 치듯이 손가락을 움직여 가며 박자에 맞춰 말했다.

김아름은 같이 있어도 이어폰을 끼고 있을 때가 많았다. 무슨 노래를 듣는지 물어보면 모르는 가수들의 이름이 나왔다. 팝송도 있었고 이탈리아 노래, 프랑스 샹송, 쿠바 노래 같은 것들을 다양하게 들었다. 내가 주로 듣는 아이돌의 노래에 김아름은 전혀 관심이 없었다. 김아름과 친해지고 싶은 마음에 나도 그 가수들의 노래를 들어 보았지만 낯설기만 했다. 그래도 그중 몇몇은 결국 좋아하게 되었다. 김아름을 미워하면서도 취향은 남아서 나는 아직도 김아름이 알려준 엘라 피츠제럴드의 〈미스티〉라는 재즈곡을 좋아했다.

내가 학교 곳곳을 소개시켜 주고, 반 아이들의 이름을 알려 주고 교과서 진도가 어디까지 나갔는지 알려 줄 때마다, 아주 작은 목소리로 "고마워" 하고만 말했다. 그리고 가끔은 "네가 있어서 다행이야" 하고 말했다. 김아름이 학교에 적응하는 동안, 그 애의 곁에는 나만 있었다. 나는 기뻤다. 한 달은 긴 시간이 아니었지만, 나는 김아름 때문에 많은 것이 바뀌었다. 서지희와 다른 친구들이 필요가 없어졌고, 혼자 있는 걸 두려워할 필요가 없었다. 나도 쉬는 시간이면 김아름과 함께 사라졌다. 이상한 노래를 들으면서 우리는 우리만의 세계에서 조용히 지냈다. 이대로 졸업 때까지 잘 지낼 수 있을 거라는 기대에 부풀었다.

김아름이 언제 변한 건지는 잘 모르겠다. 내가 아는 것은, 김아름과 서지희가 어느 날 갑자기 친구가 되었다는 것이다. 어느 날 서지희가 와서 나에게 말했다.

"야, 너네 외할머니 요양병원으로 옮겼다며? 김아름한테 들었어."

정신을 차려 보니 둘은 아주 친한 친구가 되어 있었다. 체육시간이나 과학시간에 둘씩 짝을 지어야 할 때는 서지희가 김아름과 짝이 되었다. 김아름은 쉬는 시간에 나 대신 서지희와 함께 있었다.

대놓고 나를 미워하는 서지희와 달리 김아름은 보이지 않게 나를 괴롭혔다. 내 자리에서 숙제를 감추고, 책을 숨기고, 내 얘기가 안 들리는 척했다. 나는 숙제를 안 했다고 혼나기 일쑤였고, 휴대폰을 잃어버려 엄마에게 혼나기도 했다. 하지만 그보다 힘든 건 그 아이가 날 모른 척했다는 사실이었다.

서지희가 대통령이라면, 김아름은 비서실장 같은 존재였다. 그 아이들은 '투명인간 놀이'라는 걸 만들었다. 내가 있어도 마치 없는 것처럼 행동했다. 말을 걸어도 일부러 몸을 부딪쳐도 모르는 척했다. 어쩌다 나와 눈이 마주치면, 김아름은 얼른 내 눈을 피했다. 그때마다 보았던 눈빛을 잊을 수가 없었다. 마치 자신은 모르는 일이라는 듯, 자기도 어쩔 수 없다는 듯한 눈빛, TV에서 본 그 눈빛이었다.

나는 내가 왕따가 될 거라고는 상상해 본 일이 없었다. 늘 서지희의 단짝이었고, 어떤 아이들이 왕따가 되는지 잘 알고 있었다.

약하거나 이상하거나 지저분한 애들. 하지만 왕따가 되고 난 뒤 새로운 사실을 깨달았다. 누군가 왕따를 만들기로 하면 왕따가 되는 것이었다. 나는 아무런 마음의 준비 없이 왕따가 되었다. 하긴, 누가 그런 걸 준비할 수 있었겠나.

나는 김아름이 더 미웠다. 서지희가 나에게 한 건 아무것도 아닌 것처럼 느껴졌다. 이 모든 일이 김아름 때문에 일어난 것처럼 여겨졌다.

집에 도착해서는 외투도 벗지 못한 채 침대에 한 시간을 누워 있었다. 한참 뒤에야 울었다는 걸 깨달았다. 울고 나니까 머리가 가벼워졌다. 그리고 무엇을 해야 할지 알 수 있었다.

김아름이 인기를 얻게 된 곡이 〈떨어져요〉라는 사실이 아이러니했다. 김아름이 왕따의 심정을 알기나 할까. 떨어지는 건 내가 아니라 김아름이어야 했다. 〈넥아타〉에서 처참하게 '떨어지길' 바랐다.

나는 결심했다. 김아름의 과거를 인터넷에 올리자. 그 아이가 나에게 어떤 짓을 했는지 낱낱이 적어서 사람들에게 알려주자. 사람들은 알게 될 것이다. 김아름을 불쌍하게 생각할 필요는 없었다. 자신이 한 일에 대한 합당한 벌을 받는 것뿐이다. 막상 마음을 먹자, 나에게 김아름을 떨어뜨릴 수 있는 힘이 있는 것처럼 느껴졌다.

나는 〈넥아타〉 홈페이지에 들어가서 긴 글을 작성하기 시작
했다.

이제 떨어지는 사람은 김아름이 될 것이다.

## <떨어져요> 부른, 소녀A <넥아타>에서 떨어질 것인가

<넥스트아이돌스타(넥아타)>에 출연 중인 소녀A가 왕따 가해자 논란에
휩싸였다. 지난 주말, 본인이 소녀A와 초등학교 6학년 때 동급생이었다고
밝힌 한 네티즌이 인터넷에 장문의 글을 올렸다.

Hod*라는 아이디의 네티즌은 '소녀A에게 초등학교 때 왕따를 당했다'며,
'소지품을 몰래 가져다 버린다든가 투명인간 취급을 하는 방식으로 왕따를
당했다'고 했다. 글은 인터넷을 통해 급속히 퍼져 나가고 있다.

소녀A는 아이돌 오디션프로그램 <넥스트아이돌스타>에서 수준급의 자작
곡으로 주목을 받았다. 특히 왕따의 시선에서 쓴 <떨어져요>는 음원차트
에서 단숨에 1위를 기록하며 자신의 왕따 경험을 담은 게 아니냐는 추측을
낳았다. 때문에 이번 왕따 가해 논란이 팬들에게 더 큰 충격을 주고 있다.

최근 소녀A는 <넥아타> 최후의 5인으로 뽑히면서 마지막 무대를 앞두
고 있다. <넥아타> 홈페이지에는 '제작진은 정확히 진상을 밝혀 달라'는

네티즌들의 요구가 쇄도하고 있다.

아래는 해당 네티즌의 글이다.

저는 김아름(소녀A)과 오 년 전, 초등학교 육학년 때 한 반이었습니다.
처음 방송을 보았을 때는 김아름을 알아보지 못했습니다. 초등학교 때랑
얼굴이 많이 변하고 살도 빠졌고, 무엇보다 행복해 보이더군요.
김아름이 전학왔을 때 저희는 급속도로 친해졌어요. 혼자 있는 김아름에게
다가간 게 저였고, 서로의 집에도 놀러 가고 단짝처럼 지냈죠. 그런데 어느
날부터 다른 아이들과 가까워지면서 태도가 싹 변하더군요. 제 물건을 몰래
가져다 버리고, 감추는 건 기본이었습니다. 휴대폰, 교과서, 노트, 가방을
다른 사물함에 뒀다가 나중에 발견한 적도 있습니다.
최악은 '투명인간 놀이'였어요. 그 애는 '투명인간 놀이'라는 것을 만들어서
제가 옆에 있어도 없는 것처럼 행동했어요. 저와 눈도 마주치지 않았고
자기는 모르는 일이라는 듯이 굴었죠.
<넥아타>에서도 김아름은 늘 자신이 우승을 원치 않는 것처럼 굴잖아요.
다른 경쟁자들이 우승을 간절히 원할 때, 그 애는 자신만 경쟁에서 자유로운
것처럼 행동해 왔죠. 그 순진해 보이는 얼굴 뒤에 감춰진 김아름의 본 모습이
있습니다. 남의 고통에는 둔감하면서 자신만 행복하면 된다는 그 태도, 저는
당해 봐서 알아요.
그 자리에 있는데도 없는 것처럼 취급당하는 기분, 상상할 수 있으신가요?
김아름은 저에게 씻을 수 없는 상처를 남겼습니다. 전 결국 그때 일을
극복하지 못하고 공황장애와 대인기피증을 겪다가 자퇴했습니다. 저에게
유일한 위안을 준 건 옥상에 올라가서 아래를 내려다보는 거였습니다.
언제든지 떨어지면 죽을 수 있다는 게 희망이었습니다.

제 말을 믿지 못하실 수도 있습니다. 저는 유명한 사람이 아니니까요. 제 경험을 드러내는 것도 솔직히 두렵습니다. 하지만 그 애의 무대를 보다가 저는 견딜 수가 없었습니다. 화면 속의 김아름은 본인이 왕따의 마음을 이해하는 것처럼 노래를 만들어 부르고 있더군요. 더 이상 위선적인 모습을 볼 수가 없어서 이렇게 용기를 냅니다.

- JS스타뉴스

'한아람 청소년센터 공연'이라고 적힌 사진 폴더를 열었다. 이 년 전 어느 날 찍은 사진 527장이 떴다.

그때 나는 '티네이저'라는 댄스 동아리 활동을 했다. 사진은 청소년 행사에 초청받아 공연했을 때 찍은 것이다. 나는 세 명이 나란히 앉아 있는 사진에서 클릭을 멈췄다. 한가운데 입을 크게 벌리고 웃고 있는 게 나였다. 얼마나 즐거워 보이는지, 사진에서 웃음소리가 들릴 것 같았다. 배꼽이 살짝 보이는 크롭티에 몸에 밀착되는 검은색 바지를 입고 있었다. 그날의 무대컨셉이 '블랙'이었을 것이다.

내 왼쪽에는 일학년 후배가 있었다. 검은색 모자를 눌러쓰고 검은 마스크를 턱에 건 채 카메라를 내리 깔아보고 있다. 이름은 기억나지 않지만, 동아리에 들어왔을 때 수준급 댄스로 모두를 놀라게 했던 것은 기억이 났다.

그리고 내 오른쪽에 있는, 무표정한 것 같기도 하고 약간 웃는 것 같기도 한 아이가 김아름이었다. 전체적으로 살이 많아서 이

목구비가 두루뭉술했다. 평퍼짐한 상의를 입었지만 아무리 잘 봐 줘도 통통과 뚱뚱의 중간 정도였다.

이 사진이 김아름이 가장 크게 나온 사진이었다. 사진 속에서 김아름과 나는 다정하게 팔짱을 끼고 있었다. 하지만 우리가 친한 것은 아니었다. 그날은 누구와도 팔짱을 낄 수 있을 만큼 기분이 좋았을 뿐이다. 동아리의 마지막 공연을 마친 뒤였을 것이다. 삼학년 이학기에는 고등학교 입시 때문에 활동을 하지 않았다. 공연이 끝나고 아쉬운 마음에 사진을 잔뜩 찍어 댔었다.

"연예인 되어도 아는 척해 주셔야 해요."

헤어질 때 후배들이 아쉬워하며 말했다. 미리 사인해 달라는 후배도 있었다.

그때 나는 꽤 잘나갔다. 연예기획사 오디션에 합격해 연습생 생활을 시작했을 때였다. 교내에 팬클럽도 있었다. 학교에 오면 선물이나 꽃이 책상 위에 있기도 했다. 나는 곧 연예인이 될 거라고 생각했다. 아니, 솔직히 이미 연예인이 된 것 같은 기분이었다. 하지만 지금의 나는 살찌고 못생기고 평범한 여고생일 뿐이었다. 그리고 지금 유명해진 것은 내가 아니라 김아름, 아니 소녀A였다.

소녀A를 처음 봤을 때 나는 알아보지 못했다. 〈빅아타〉 따위는 보고 싶지 않았지만 채널을 돌리다 보면 여기저기서 재탕, 삼탕을 하며 틀어 대니 피할 도리가 없었다. 소녀A가 〈떨어져요〉를 부르는 것도 그렇게 우연히 봤다. 눈을 내리깔고 담담한 표정으로 노래를 막 시작하고 있었다. 악기는 기타와 키보드뿐이었는데 단조로운 연주 때문인지 목소리가 더 또렷이 들렸다. 큰 사이즈의 흰색 스웨터가 마른 몸을 감싸고 있었고, 발레복처럼 사방으로 퍼진 샤스커트 아래 두 다리가 가냘팠다.

나는 떨어져요
모든 것으로부터. 나를 괴롭히는 것으로부터.
발목을 잡아요

중간중간 카메라가 방청객을 비췄다. 사람들은 무대 위에 선 여자아이에게서 눈을 떼지 못하고 있었다. 마음이 차분해지는 목소리였다. 노래가 절정으로 치달았을 때, 사람들은 울고 있거나 금방이라도 울 것처럼 두 손을 모으고 있었다. 소녀A만 담담하게 노래를 이어가고 있었는데, 그래서 더 슬펐다. 저런 데서 살아남으려면 뭔가 다르긴 해야 하는구나, 싶었다. 질투가 났다.

소녀A의 본명이 김아름이라는 기사를 봤을 때, 내가 아는 김아름과 간신히 연결할 수 있었다.

나는 인터넷에서 소녀A 사진을 찾아서 나란히 놓고 비교했다. 한참을 보자 이목구비에서 비슷한 부분이 보였다.

"야 밥 먹어."

어느새 내 옆에 온 선주 언니가 말했다. 대학생인 언니는 기숙

사에서 지내다가 방학을 하자 집에 와 있었다.

"소녀A네. 얘 잘하더라."

"대학 가서도 공부만 하는 줄 알았더니 텔레비전도 보나 봐?"

나는 비꼬는 목소리로 말했다. 언니는 공부를 잘했다. 그냥 잘하는 정도가 아니라 '겁나게' 잘했다. 내 기준으로는 상상할 수 없는 수준에서 놀았다. 수석으로 중학교에 입학했고 다시 수석으로 졸업한 뒤 과학고에 갔다. 그리고 이 년 만에 졸업, 카이스트에 다니고 있었다. 졸업하고 생명공학자가 될 거라는데 무슨 일을 하는 건지 감도 잡히지 않았다.

언니는 목소리를 줄여서 말했다.

"내 남친도 얘 팬이야. 자기 안의 소녀 감성을 일깨웠다나 뭐라나."

팀 과제다, 시험이다, 아르바이트다 매일 바쁜 척하면서도 연애는 하는 모양이었다.

나는 나와 김아름이 나란히 있는 사진을 크게 띄웠다.

"언니 내 옆에 있는 애, 누군지 알겠어?"

언니가 흘긋 보더니 고개를 저었다.

"모르겠는데."

"소녀A야."

언니의 눈이 커졌다.

"대박. 너희 친구였어?"

"친구라기보다는, 그냥 같은 동아리였지."

언니는 사진을 유심히 보더니 용 됐네, 용 됐어, 하고 호들갑을 떨었다.

"그나저나, 너 이때 진짜 예뻤다. 내 동생이지만 예뻤던 건 인정한다."

얼핏 들으면 칭찬 같지만 과거형으로 말하는 게 거슬렸다. 사실 하고 싶은 말은 '지금은 예쁘지 않다'는 것이다. 나는 거실로 가는 언니의 등을 마음껏 흘겨 주었다.

식탁에는 내가 좋아하는 반찬과 언니가 좋아하는 반찬이 반반씩 차려져 있었다. 상에 가득 차려진 음식을 보면서 오늘도 다이어트는 틀렸구나, 싶었다. 밥알을 입에 넣고 최대한 천천히 씹어 보았다. 밥 한 톨이 한 그릇이라고 상상했다. 인터넷에서 본 다이어트 방법이었다. 엄마는 그런 나를 못마땅하게 보고 있었다.

"밥 좀 제대로 먹어."

"나 속이 안 좋아."

"시끄러워. 아침에도 방울토마토 몇 알만 먹었잖아. 너 그거 다 먹어."

"이번엔 제대로 다이어트 할 거야."

"엄마 죽는 꼴 볼래?"

엄마의 목소리가 거칠어졌다. 굶다가 쓰러지고 복통으로 응급실에 가는 일이 몇 번 있고 나서 엄마는 예민해졌다.

위염이 생기고 일 년째 생리도 멈췄다. 살이 빠지기는커녕 조금만 먹어도 살이 차올랐다. 의사 선생님은 심한 다이어트를 반복할수록 살이 찌기 쉬운 체질로 바뀔 수 있다고 했다. 음식물이 들어올 때마다 몸이 악착같이 에너지를 저장하기 때문이라고 했다. 위장 모형물을 들고 위염이 심해진 내 상태를 설명하느라 애를 썼다.

그래도 굶는 것만큼 효과가 빠른 다이어트는 없었다. 문제는 한 번도 성공한 적이 없다는 것이다. 내 안에 '고릴라'가 튀어나오기 때문이었다. 고릴라가 출몰하면 그간 굶은 걸 보상받듯 눈에 띄는 대로 음식을 목구멍 안으로 밀어 넣었다. 배 속에 구멍이 뚫리는 순간이었다.

분위기가 험악해지자 언니가 화제를 돌렸다.

"엄마, 소녀A가 진선미 친구래."

"소녀A가 누구야?"

"〈넥스트아이돌스타〉라고, 오디션 프로그램에 나오는 애 말이야."

엄마가 나를 향해서 말했다.

"너도 그런 데 좀 나가 보지 그랬어."

"돼지처럼 살쪄서 어떻게 나가! 엄마 아빠도 나 살 빼는 거 안 도와주잖아!"

엄마의 말에 내가 빽 소리를 질렀다. 사람들은 해 보지도 않

앉으면서 다들 쉽게 얘기했다. 소리를 지르니까 어지럽고 허기가
졌다.

"아이고, 우리 딸이 무슨 살이 쪘다고 그래. 길거리 지나다니는
여자애들 백 명, 천 명을 봐도 우리 선미처럼 예쁜 애를 못 봤구
만."

아빠가 타이르듯이 말했다. 엄마가 아빠를 흘겨봤다. 엄마는
아빠가 나한테 너무 무르다고 생각했다.

"아빠는 몰라. 연예인들 실제로 보면 다 말랐어. 난 걔네들 옆
에 서면 거인이야, 거인."

"아빠가 보기엔 네가 제일 예뻐. 네 이름이 괜히 진선미냐?"

언니가 코웃음을 치며 말했다.

"미스코리아는 아빠 때나 인기 있었지. 요즘 애들은 그런 거 관
심 없어. 아이돌이 갑이지."

아빠는 내 이름을 지은 장본인이었다. 미스코리아가 되길 바라
는 아빠의 소망을 담은 이름이었다. "내가 이름을 잘 지었지. 우
리 선미는 미스코리아가 될 거야." 아빠는 버릇처럼 말하고는 했
다. 그 말을 얼마나 진지하게 들었는지 내가 어렸을 때 만든 인터
넷 아이디도 죄다 '미스코리아'일 정도였다.

어렸을 때부터 우리집은 '언니는 공부, 나는 외모' 하는 식으로
암암리에 정해져 있었다. 부모님은 큰딸이 공부를 잘하니 둘째
딸은 공부는 좀 빠져도 예쁘고 애교도 잘 부려 부모의 기쁨이 되

는 것도 괜찮다고 생각한 모양이었다.

내가 우연히 아동복 모델이 된 것이 그 시작이었다. 가족끼리 놀이공원에 갔다가 길거리 캐스팅이 되었다. 우리집 거실에는 아직도 그때 지면 광고 사진이 액자에 걸려 있다. 액자 속의 나는 물방울무늬 원피스를 입고 입꼬리를 억지로 올리고 웃고 있다. 어른들의 마음에 들려고 애쓰는 어린아이의 미소였다. 아빠는 집에 오는 손님들에게 그 사진을 보여 주고 놀이공원에서 캐스팅된 이야기를 질리지도 않고 반복했다. 정작 나는 그 액자를 더 이상 보고 싶지 않았다. 그건 억만 년 전의 일처럼 느껴졌고, 사진 속의 아이는 내가 아닌 것 같았다.

그 이후에 기회가 한 번 더 왔다. 단막극에 백혈병에 걸린 여자애로 캐스팅 되었는데 삭발을 하는 게 조건이었다. 아빠는 단칼에 거절했다.

"넌 공주 같은 역할을 하게 될 거야. 곧 새로운 기회가 올 거야."

아빠의 확신과 다르게 다시는 기회가 찾아오지 않았다. 하지만 여전히 나는 엄마 아빠의 신데렐라였다. 언니의 외모에는 무심하면서 내 얼굴에는 여드름 하나만 돋아도 피부과에 가느니 마느니 수선을 피웠다. 가수 연습생이 되었을 때도 부모님은 응원해 주었다. 하지만 나는 육 개월 만에 내 발로 뛰쳐나왔다. 그 뒤로 살까지 급속도로 쪄 버렸다. 언니는 부모님의 기대에 어긋나지 않게 자랐지만 나는 더 이상 예쁜 딸이 아니었다.

어릴 때의 나는 가끔 불이 나서 내 얼굴이 심각한 화상을 입고 일그러지는 상상을 했다. 교통사고가 나서 얼굴 뼈가 으스러지는 상상도 했다. 그래도 부모님은 나를 사랑할까? 나 자신은 나를 사랑할 수 있을까? 그럼 나는 자살이라도 해야 하는 걸까? 부모님은 여전히 날 사랑한다고 말할 것이다. 하지만 나는 더 이상 나 자신을 사랑할 수 없을 것 같았다.

나는 묵묵히 식탁 위에 있는 반찬들을 입안에 욱여넣었다. 아무래도 다이어트는 내일부터 해야 할 것 같다.

*

중학교 때 같은 댄스 동아리였던 수정이에게 메시지를 보냈다.

– 수정아, 〈넥아타〉에 나오는 소녀A 말이야, 혹시 우리가 아는 김아름 아니야?

수정이는 내 문자를 보자마자 바로 전화를 했다.

"대박이지? 나도 얼마 전에 알았어."

"그러게 말이야. 김아름이 노래를 잘했었나? 춤추는 건 봤어도 노래하는 건 한 번도 못 봤잖아."

"그러게 말이야. 그나저나 걔 춤 겁나 웃겼는데, 그치?"

수정이가 킥킥거리며 웃었다.

김아름을 처음 봤을 때가 생각났다. 동아리 오디션 날이었다. 대부분 아이돌 그룹의 곡을 하나 선택해서 따라서 췄다. 팝송에 맞춰서 재즈댄스나 걸스힙합을 추는 아이들도 있었다. 하지만 김아름의 춤은 그중 어디에도 속하지 않았다. 잘 춘다고도, 못 춘다고도 할 수 없는 춤이었다. 확실한 건 남들과는 달랐다는 것이다.

"너 택견 하니? 아님, 탈춤? 현대무용인가?"

선배 한 명의 말에 모두 시끄럽게 웃었다. 뭔가 그럴듯한 표현이었다. 김아름의 춤은 그 세 개를 다 합친 것 같기도 했다. 눈에 띄는 건 춤만이 아니었다. 김아름은 여러 모로 댄스부에는 어울리지 않는 아이였다. 댄스부에는 외향적인 애들이 많았다. 기본적으로 무대에 서는 걸 좋아하고, 예쁘게 꾸미는 데 관심이 많고 인기에 민감했다. 김아름은 여기에 하나도 해당되는 게 없었다. 화장은 전혀 하지 않고 옷 입는 건 유행에 뒤처졌다. 무엇보다 말이 거의 없는 내성적인 아이였다. 김아름이 오디션에 합격한 건, 순전히 우리 학년에 지원자가 너무 적었기 때문이었다.

수정이 화제를 바꿨다.

"그나저나, 너 요즘 어떻게 지내? 너 한동안 연락도 안 하고 그랬잖아. 내가 톡 보내도 답도 잘 안 하고. 좀 섭섭했어."

"요새 좀 바빠서."

연예기획사에서 나온 뒤로 나는 연락을 피해왔다. 각기 다른 고등학교로 흩어진 뒤로는 자연스럽게 연락을 끊었다.

"왜? 다시 연예인 준비해?"

"아, 응. 준비하고 있어."

순간적으로 거짓말이 나왔다. 수정이가 관심이 없기를 바랐지만 미끼라도 문 것처럼 질문을 퍼붓기 시작했다.

"다시 시작했구나. 저번 소속사에서는 나왔다고 하지 않았어?"

"응. 그때는, 좀 생각할 시간이 필요해서 그랬어."

"그럼 이번에는 어디에 있어?"

"〈엔터뮤직〉 준비하고 있어."

나는 생각나는 대로 유명한 소속사 이름을 댔다. 거짓말하는 게 찔려서 '준비하고 있다'고 애매하게 말했다.

"진짜? 대박! 사실 나 네 걱정 했어. 소문이 좀 돌았거든."

"무슨 소문?"

수정이가 조심스럽게 말했다.

"네가 좀 변했다는 소문."

"내가 어떻게 변했다고 해?"

"그냥 누구한테 좀 들었는데, 길에서 널 우연히 봤는데 얼굴이 좀 변했다고 해서. 나 엄청 걱정했잖아. 넌 연락도 잘 안 되고."

그냥 살쪘다고 하면 되는데 수정이는 돌리고 돌려서 그 말을 피했다. 전화를 끊고 싶었지만 딱히 할 말이 떠오르지 않았다. 수정이가 먼저 말했다.

"조만간 동아리 애들하고 만날 건데, 그때 올 수 있어?"

"그래, 나도 갈게."

걱정하는 척하면서 사실은 모두들 궁금해하고 있었다. 연예기획사에 들어갔다고 잘난 척하던 진선미가 어떻게 망가졌는지 보고 싶은 것이다.

거울 앞에 섰다. 중학교 때보다 십오 킬로그램이나 쪄버린 내 모습이 보였다. 최근에는 얼굴 전체에 퍼진 악성 여드름까지 덤으로 얻었다. 추했다. 내 살을 깎아 버리고 싶다. 전신성형을 하고 싶다. 아니, 다시 태어나고 싶다. 지금의 나는 구제불능이다. 난 다른 사람이 되었다. 김아름이 그랬듯이 말이다. 아무래도 다시 다이어트를 시작해야 할 것 같다.

침대에 벌렁 누워서 휴대폰으로 소녀A를 검색했다. '반전매력 소녀A, 하얀 백지장에 그려진 다채로운 그림'이라는 기사가 눈에 띄었다. 김아름이 〈넥아타〉에서 처음부터 주목받은 건 아니었다. 처음에는 하위권을 맴돌다가 프로그램이 중반쯤 진행되었을 때부터 주목받기 시작했다. 자기소개도 겨우 할 정도로 숫기가 없는 김아름은 노래를 할 때만큼은 돌변해서 진지해졌다. 사람들은 그런 김아름의 캐릭터에 반전매력이니 어쩌니 하며 빠져들었다. 프로듀서들은 소녀A가 기존의 아이돌과는 차별화된, 하얀 도화지 같은 매력이 있다고 했다.

〈넥아타〉에는 백만 명이 넘게 지원했다. 그중에 살아남은 최후의 다섯 명, 그 안에 김아름이 있다는 게 믿기지 않았다. 나보다 예쁘지도, 특별하지도 않았던 김아름이 말이다.

아무에게도 말하지 않았지만 나도 〈넥아타〉 예선을 보았다. 한 달 동안 남몰래 오디션을 준비했다. 마지막 기회인 것처럼 느껴졌다. 하루 한두 끼만 먹으며 다이어트를 했고, 그동안 모은 돈을 쏟아부어서 댄스 학원, 보컬 연습실도 다녔다.

오디션은 그야말로, 엉망이었다. 스텝이 꼬이고, 목에서 쇳소리가 났다. 사방에 카메라가 있었다. 나를 찍지 못하도록 모두 부숴 버리고 싶었다.

"탈락입니다. 고생하셨어요. 뒤쪽으로 퇴장해 주세요."

그게 끝이었다. 나는 준비한 걸 다 보여 주지도 못했다. 저 사람들 눈에는 내가 연예인을 꿈꾸는 흔하디흔한 여고생 중 한 명일 것이다. 나는 모자를 푹 눌러쓰고 나왔다. 혹시나 아는 얼굴을 마주치게 될까 두려웠다. 그 뒤로 〈넥아타〉를 볼 마음이 생기지 않았다. 볼 때마다 오디션의 악몽이 떠올라서 얼굴이 뜨겁게 달아올랐다.

*

오랜만에 대니 오빠랑 만나기로 했다.

오빠와 내가 만난 곳은 우리나라에서 다섯 손가락 안에 드는 연예기획사였다. 우리는 그곳의 연습생이었다. 거기서 나는 연예인이 되고 싶어 하는 아이들이 아주 많다는 것, 그리고 나보다 잘난 아이들도 아주아주 많다는 것을 깨달았다. 내가 감히 넘볼 수도 없는 세상이 있다는 것을. 그 세상에 들어가려면 하루 종일 계속되는 혹독한 연습을 견뎌야 하고, 사람들이 쏟아내는 비난을 참아내야 한다는 것을 알게 되었다.

연습생 생활을 스스로 그만둔 것은 '내 발로 나왔다'는 말을 하기 위해서였다. 그곳에 남았어도 어차피 끝까지 못 버텼을 것이다. 내가 나가는 것을 아쉬워한 사람은 아무도 없었다.

나는 육 개월 만에 뛰쳐 나왔지만, 오빠는 칠 년 동안이나 그곳에 연습생으로 있었다. 늘 어느 그룹인가에 들어갈 뻔했지만, 결국 무산되고 말았다. 나중에 들어온 연습생들이 하나둘 데뷔하는 걸 보면서 오빠는 버티고 버텼다. 그리고 일 년 전에 데뷔했지만, 소리 없이 그룹이 해체되고 말았다. 지금은 아이돌 경력을 살려 댄스 강사로 일하고 있다.


오빠를 만나기로 한 곳은 청담동의 한 카페였다. 연예인들이 많이 가는 곳으로 유명했다. 오빠는 카페에 먼저 와 있었다. 모자를 깊게 눌러쓰고 검은색 마스크를 하고 있었다. 유명 연예인처럼 철저히 얼굴을 가린 모습이었다. 내가 맞은편 소파에 털썩 앉으며 말했다.

"뭐야, 연예인 코스프레 하는 거야?"

"나 연예인 맞거든?"

대니 오빠가 마스크를 벗으며 말했다. 얼마나 답답했는지 콧잔등에 땀방울이 송글송글 맺혀 있었다. 대니 오빠가 유명 연예인인 줄 알고 계속 기웃거리던 옆 테이블 여자애들이 자기들이 모르는 사람이라는 걸 깨닫고는 흥미 없다는 듯이 고개를 돌렸다.

"연예인이었었지. 근데 어차피 알아보는 사람 별로 없잖아?"

"야, 넌 그새 어떻게 살이 더 쪘냐?"

"아, 시끄러워. 보자마자 스트레스 줄 거야?"

만나자마자 서로 아픈 데를 콕콕 찔러댔다. 대니 오빠와 나의 대화는 늘 이런 식이었지만, 그래서 오히려 편하기도 했다. 모두들 내가 살쪘다는 얘기를 대놓고 하지 않았다. 나를 위아래로 훑어보는 눈빛, 놀라움으로 커지는 눈빛으로 말했다. 대니 오빠는 달랐다.

"동칠 오빠, 그래서 요즘은 뭐 해?"

"동칠이라고 부르지 말랬지!"

"이름만 영어지 해외에는 나가 본 적도 없잖아."

대니 오빠의 본명은 동칠이었다. 부동칠. 별명은 부처님. 칠 년 동안 연습생으로만 있으면서 속도 없이 남들 일에 참견하고 다녀서 생긴 별명이었다.

새로 들어온 연습생들이 적응을 못 하고 겉돌면 먼저 다가가 친한 척을 했다. 자기도 잘 못하면서 창법이 어쩌고, 춤이 어쩌고 조언해 주기도 했다. 속으로는 자기를 무시하는 걸 아는지 모르는지, 잘나가는 후배가 있으면 자기 일처럼 요란하게 축하해 주기도 했다. 대니 오빠를 뒤에서 비웃는 애들도 있었다. 하지만 누구나 한 번쯤은 외로울 때 대니 오빠한테 위로받은 적이 있었다. 나역시 마찬가지였다.

연습생 시절, 나는 한 번도 칭찬을 받은 적이 없었다. 연습생들은 주기적으로 평가를 받아야 했는데, 내 등급은 늘 '중하'였다. 평가 때마다 몸이 오그라들었다. 밧줄에 묶인 것처럼 몸이 부자연스럽게 움직였다. 스트레스 때문인지 살도 오히려 찌고 있었다.

"왜 자꾸 살이 찌니?"

연습생들 체중관리를 맡은 회사 실장님이 날 보면서 짜증스럽게 말했다.

"애들이 왜 죽자고 살 빼는지 알아? 일 킬로그램 빠질 때마다 카메라에 잡히는 게 달라져. 이 정도 정신력이면 춤이고 노래고 아무리 잘해도 소용없어."

나는 특별 다이어트에 들어갔다. 하루에 방울토마토와 닭가슴살 한 조각으로 버텼다. 온몸에 피가 다 빠져나간 것처럼 기운이 없었다. 소리도 나오지 않고 춤동작에도 기운이 없었다. 하루 종일 먹는 것만 생각했다. 누구는 십 킬로그램이나 뺐다더라, 누구는 이십 킬로그램을 빼고 데뷔 확정했다더라, 하는 소문이 늘 돌았다. 너무 먹고 싶을 때는 세 번만 씹고 버리는 애들도 있었다.

다음 평가일까지 나는 오 킬로그램을 뺐다. 평가 전날 밤 잠을 자려는데 배가 고파서 잠도 오지 않았다. 집 앞 편의점에 갔다. 처음에는 물만 마시려고 했다. 하지만 핫바를 보는 순간 허기가 몰려왔다. 핫바를 사서 순식간에 해치웠다. 먹었는데도 허기가 사라지지 않았다. 오히려 더욱 배고파졌다. 나는 과자와 아이스크림을 사서 그 자리에서 먹었고, 사이다와 삼각김밥을 샀다. 계속 이런 짓을 반복하자 알바생이 나를 이상한 눈으로 봤다. 나는 그냥 눈에 잡히는 대로 음식을 사 들고 방에 숨었다. 먹고 또 먹었다. 먹으면서도, 내 손을 멈출 수 없었다. 처음으로 고릴라가 나타난 날이었다.

정신이 들었을 즈음 내 방에는 수북한 과자봉지가 나뒹굴고 있었다. 나는 화장실 변기에 대고 토하기로 결심했다. 입 안에 손가락을 넣고 필사적으로 먹은 걸 뱉어냈다.

그 뒤로도 먹는 것을 참고 또 참다가 폭식하는 일이 많아졌다. 편의점에서 먹을 것을 산 다음 방에 틀어박혀서 먹어 댔다. 다음 날이면 여지없이 후회가 밀려왔지만, 먹은 걸 토하고 나면 후회는 잦아들었다. 그때 다이어트를 그만두는 게 나았을 것이다. 나는 내 몸이 어떻게 변하고 있는지 알지 못했다.

결국 일이 터졌다. 연습을 하는데 얼굴에서 식은땀이 나면서 어지러웠다. 구토가 나올 것만 같았다. 나는 화장실로 달려가서

게웠다. 먹은 게 별로 없어서 위액만 나왔다. 화장실에서 입을 씻고 나오는데 대니 오빠가 있었다. 오빠는 빵을 내밀었다. 고개를 젓는 내 입에 빵을 반강제로 넣었다.

"맛있게 먹으면 살 안 쪄."

"배 안 고픈데요?"

"너처럼 하다가 몸 망가진 애가 한둘인 줄 알아?"

대니 오빠는 물러서지 않았다. 결국 빵을 한 입 먹었다. 한 입, 두 입 먹다가 다 먹어 버렸다. 빵을 먹으면서 나는 울어 버렸다. 그게 크림빵이었던가, 단팥빵이었던가 기억도 나지 않지만 끝내 주게 맛있기는 했다.

오빠는 연습생 생활을 하면서 지치고 망가져 가는 아이들을 귀신같이 알아봤다. 그런 아이들을 다그치고 달래고 조금이라도 덜 상처받게 하기 위해 그곳에 머무르는 것처럼 느껴지기도 했다. 퉁명스럽게 말하지만 그때를 생각하면 대니 오빠에게 고마운 마음이 들었다. 어쨌든 그곳에서 그나마 상처를 덜 받을 수 있게 해준 사람이니까.


"진선미, 왜 안 먹어? 맛있게 먹으면 살 안 쪄."

내가 가만히 보고만 있자, 대니 오빠가 타르트를 포크에 찍어서 들이밀었다. 꼭 예전에 빵을 내밀 때의 얼굴과 같았다.

"됐어. 오빠 다 먹어."

"빨리 먹어. 여기 타르트 졸라 맛있어. 졸라 비싸고. 맛있는 건 살 안 찌는 거야."

"누가 보면 다정한 남자친구인 줄 알겠어."

"그러니까 빨리 먹어. 나 팔 아파."

나는 마지 못해 오빠가 내민 타르트를 받아 먹었다. 입안에 치즈 향이 퍼졌다. 하나에 구천 원짜리 더럽게 비싼 타르트였다.

"너 아직도 다이어트 하냐?"

"갑자기 그건 왜 물어?"

"그냥."

나는 아이스 카페라테를 한 모금 마셨다. 맛있었다. 세상에는 맛있는 게 너무 많았다. 시원한 얼음 알갱이를 으드득 깨물어 삼켰다. 가슴이 답답했다. 허기가 밀려왔다. 갑자기 눈앞에 있는 대니 오빠에게 시비를 걸고 싶어졌다.

"오빠는 외국 나가 본 적도 없다면서 왜 이름을 대니로 지었어?"

"그게 말이야, 생각해 보면 그게 내 문제였던 것 같아."

대니 오빠는 뜻밖에 진지한 표정으로 답했다. 저런 과도한 진지함 때문에 사람들이 자길 우습게 생각한다는 걸 왜 모르는 걸까.

"내가 왜 연예인이 되려고 했나, 생각해 봤는데 잘 모르겠더라고. 이름도 별 뜻 없이 그냥 지었어. 영어 이름이 멋지게 들려서. 그만두고 나서야 깨달았어. 나 같은 사람은 연예인이 될 운명이 아니라는 걸."

"나는 어떤 것 같아?"

"너, 뭐?"

"나는 유명해질 가능성이 있을까?"

"너 유명해지는 데 없어선 안 되는 게 뭔지 알아?"

"외모랑, 실력?"

"일단 외모는 땡."

"외모가 중요하지 않다고? 사람들은 얼굴만 보잖아."

"네 말이 맞아. 그런데 외모는 눈부신 현대 의학기술의 힘을 빌릴 수 있잖아. 그러니까 타고날 필요는 없는 거지."

"하긴. 그건 그렇네."

"작년에 아이돌스로 데뷔한 혜나 있잖아. 걔 원래 얼굴 보면 너 깜놀일걸. 완전 뜯어고쳤어. 그래도 노래를 잘하니까 메인 보컬로 데뷔했잖아."

"그럼, 중요한 건 실력인 거네?"

"그것도 절반만 맞아. 어떤 사람은 실력이 부족한데도 팬을 긁어 모아. 어떤 사람은 실력은 넘사벽인데 이상하게 못 뜨기도 하고."

"그럼 대체 답이 뭐야?"

난 답답한 나머지 주먹으로 가슴을 쳤다. 대니 오빠는 뭔가 대단한 비밀을 폭로한다는 듯이 뜸을 들였다.

"매력이지. 자기만의 것, 남들하고 구별되는 특별함이 있어야 해."

그게 뭐 대단한 깨달음이냐고 비웃어 주고 싶었지만, 듣고 보니 그럴 듯했다. 가슴이 답답해졌다.

나 같은 아이는 흔했다. 학교에서는 눈에 띌지 몰라도 연습생 세계에서는 평범했다. 이 세계에서는 뭔가 달라야 했다. 예쁘고 실력 있는 애들은 길가의 돌멩이처럼 많았다.

"적당히 예쁘고, 적당히 노래하고, 적당히 끼 있고 그런 애들이 연예인이 될 꿈을 꾸면, 그 끝이 뭔지 알아? 만년 연습생이야. 왜냐면 여기는 그런 애들 천지니까. 겨우 데뷔해도 곧 묻히고 말 거고."

"그럼 특별한 걸 어떻게 만드는데?"

"나도 몰라."

나는 기가 막혀서 할 말을 잃었다. 오빠는 남은 쉐이크를 쭉 빨아 마시고 말했다.

"왜냐면, 그건 특별한 애들만 알거든."

갑자기 단 게 땡겼다. 순식간에 남은 타르트를 다 먹어 치웠다. 그때나 지금이나 나는 다이어트가 끔찍하게 싫었다. 대니 오빠가 "인간적으로 나 먹을 건 남겨야 하는 거 아냐?" 하고 항의했다. 대니 오빠, 아니 동칠 오빠가 포크를 내려놓더니 혀를 차며 고개를 저었다.

"그래서 난 말이야, 진짜 나한테 맞는 일을 찾기로 했어. 내 이름 부동칠의 칠, 세븐. 그게 나름대로 나의 목표였거든. 칠 년 안에 뜨고 말 거다, 라는. 이제 깨끗이 포기하고, 새로운 길 가려고."

"무슨 길?"

"연예기획사 어드바이저. 내가 연예인은 못 되었지만, 연예인 되려는 아이들한테 해 줄 말은 많은 사람이잖아? 사실 얼마 전에 사장님한테 전화가 왔어. 댄스 강사 일 접고 직원으로 들어올 생각 없냐고. 나 연습생 생활 하느라고 공부도 안 하고, 다른 꿈도 없었잖아. 드디어 내 진정한 길을 찾은 것 같아."

하긴, 오빠는 장차 뜰 것 같은 연습생들을 잘 알아보는 편이었다. 그러고도 본인은 한 번도 주목받아 본 적이 없는, 비운의 아이돌이었다.

"난 걸어야겠어. 케이크 먹은 거 칼로리 모조리 소모할 거야."

카페에서 나와 지하철을 타려다가 걷기로 했다. 오빠도 같이 걷겠다고 했다. 별로 할 일이 없는 모양이었다. 파워워킹 자세로 힘차게 걷다가 곧 지쳐 버려서 그냥 걷기 시작했다. 이십 분쯤 걸었을 때 한강을 가로지르는 마포대교가 나왔다. 잠시 다리에 기대 서서 숨을 골랐다.

'여기서 떨어지면 죽겠지?'

그런 생각을 하면서 다리 아래를 내려다보았다. 물이 잔잔해서 물거품도 없이 사라질 것 같았다. 간혹 떨어지는 상상을 하고는 했다. 내 방 창문에서, 다리에서, 학교 옥상에서 떨어지는 상상을 했다. 상상할 때마다 떨어질 때의 기분도, 떨어지는 자세도 달라졌다. 머리가 터지고 팔다리는 부러진다, 누군가에게 발견되고, 나와 친한 아이들이 나의 죽음을 알게 된다면…… 다들 뭐라고 할까? 연예인 데뷔에 실패해서 비관자살을 했다고 생각할지도 모른다. 유서를 어떻게 쓸지도 생각해 보았는데 아무것도 쓰지 않는 편이 좋을 것 같았다. 그래야 사람들이 왜 죽었는지 궁금해 하고, 더 오래도록 기억할 테니까. 한 가지 마음에 걸리는 건 이렇게 뚱뚱한 몸으로 죽는다는 사실이었다. 마지막 모습이 아름다웠으면 좋겠는데 말이다.

연습생 시절에 자살한 사람의 이야기를 들었다. 연습생이었는데 부담감을 견디지 못하고 건물 옥상에서 떨어졌다고 했다. 회사에서 죽은 사람의 가족에게 합의금을 주고 조용히 처리했다는 얘기도 들었다. 그 이후로 옥상으로 가는 쇠문은 잠겼다.

"밥은 먹었어? 무슨 고민 있어? 내일은 내일의 해가 뜬다!"

대니 오빠의 우렁찬 목소리에 고개를 돌렸다. 대니 오빠는 난간에 적힌 문구를 크게 읽고 있었다. 투신 사고를 막으려고 적어 놓은 글들이었다. 죽고 싶은 사람이 많구나. 대니 오빠를 물끄러미 보았다. 오빠에게 물어본 적은 없지만, 소문으로 알고 있다. 죽은 연습생이 오빠와도 친했다는 걸 말이다.

"떨어져요, 떨어져요." 나도 모르게 소녀A의 노래를 흥얼거렸다. 대니 오빠가 나를 바라보았다.

"그 노래, 〈떨어져요〉지?"

"응. 소녀A 말이야, 걔는 그게 있는 거 같아? 매력 말이야."

"어. 매력 있더라. 그런 애가 타이밍 맞으면 바로 대박 나는 거야."

나에겐 없고 소녀A에겐 있는 것. 그게 바로 매력이었구나. 다리를 걸으면서 내내 매력이란 무엇일지 생각했다.


발길 닿는 대로 걸은 탓에 처음 보는 동네에 와 버렸다. 허기졌다. 건너편 햄버거 가게 벽에 붙은 햄버거 사진이 먹음직스러웠다. 대니 오빠가 내 눈치를 봤다.

"배고파?"

"아니, 전혀."

"지금 햄버거를 바라보는 네 눈빛이 너무 뜨거운데?"

대니 오빠가 낄낄거렸다.

"햄버거 본 거 아니야."

나는 괜히 무안해져서 햄버거 가게 옆에 있는 가게를 가리켰다. 〈The Taro〉라는 간판이 눈에 띄었다. 보라색 커튼으로 내부가 가려져 있었다. 문득 들어가 보고 싶어졌다.

"우리 저기 가 보자."

"돈 아깝게 뭐 저런 걸 하냐? 내 운명은 내가 개척할 거야."

"그럼 여기서 헤어지든가."

나는 대차게 〈The Taro〉의 문을 열었다. 대니 오빠가 따라 들어오는 소리가 들렸다.

초록색 아이섀도를 하고 같은 색 벨벳 드레스를 입은 여자가 나왔다. 여자는 강습 중이니 조금만 기다려 달라고 했다. 대니 오빠와 나는 진열된 타로 카드를 구경하며 시간을 보냈다. 잠시 뒤에 벨벳 드레스를 입은 여자가 안내하는 대로 우리는 수정구슬이 있는 테이블 앞에 앉았다. 장소가 좁아서 대니 오빠와 몸이 닿을 정도였다. 여자가 말했다.

"저는 나나입니다. 두 분은 뭐라고 불러 드릴까요? 닉네임도 좋고, 그냥 이름을 알려 주셔도 됩니다."

"전 우주대스타라고 불러 주세요."

대니 오빠의 말에 내가 코웃음을 쳤다. 오빠가 닉네임이라도 맘대로 지어 보자, 며 무안한 표정을 지었다.

"오른쪽 여자분은 뭐라고 부를까요?"

"얘는 미스코리아요. 이름이 진선미거든요."

고민하는 나 대신 대니 오빠가 대답했다.

"미스코리아는 무슨, 고릴라라고 불러 주세요. 미스…… 고릴라."

나나라는 여자가 말했다.

"우주대스타님, 뭐가 궁금하시죠?"

"아, 저, 그, 연애운이요. 제가 좋아하는 여자가 있는데요, 고백하면 잘 될까요?"

'흐음, 좋아하는 여자가 있다고?'

처음 듣는 얘기였다. 서양마녀는 카드에 손을 얹고 선서를 하게 하더니 현란하게 카드를 섞어서 세 장 뽑게 하고는 자기도 여러 장을 뽑았다. 들어올 때만 해도 거드름을 피우던 대니 오빠는 사뭇 진지하게 카드를 골랐다. 대니 오빠가 부끄러워하는 모습은 본 적이 없는데, 웃음이 나왔다.

"정말 좋아하시나 보네요. 그 사람이 많이 신경 쓰이고 걱정되고, 그렇죠?"

"네, 좀 걱정을 많이 끼치는 녀석이라서요."

"그런데 그 사람에게 마음을 이야기한 적이 있나요?"

"네?"

"고백을 해야 연애가 시작되지요. 말하지 않으면 모르는 사람도 있어요."

나나는 이렇게 말하고는 카드 한 장을 짚었다. 눈가리개를 한 채 팔이 묶여 옴짝달싹 못 하는 여자가 그려진 카드였다.

"그 여자분의 상황이에요. 자기 문제에 몰두해 있어서 주변을 볼 여유가 없네요. 우주스타님이 눈가리개를 풀어 주세요. 주변을 볼 수 있게요. 그러면 관계가 시작될 수 있어요."

"제가 그걸 하고는 있는데 말이죠, 쉽지가 않네요."

"원래 사랑이 힘든 거죠."

나나라는 사람이 웃었다. 내 차례가 되었다.

"음, 제가 꿈을 이룰 수 있을지 궁금해요."

나나는 또다시 카드를 섞고 펼쳤다. 나는 시키는 대로 몇 장의 카드를 골랐다.

빠른 손놀림으로 내가 뽑은 카드들을 일부는 원 모양으로, 일부는 한 줄로 펼쳐 놓았다.

"본인이 원하는 꿈을 이루는 데는 몇 가지 장애물이 있어요."

나나는 카드 하나를 짚었다. 아까 대니 오빠가 뽑은 눈을 가린 여자가 또 나왔다.

"우선 장애물이 뭔지 알아야겠죠. 그런데 자신이 뭐가 문제인지 모르고 있다는 게 가장 큰 문제예요. 눈을 가리고 있기 때문이죠."

원의 한가운데 있는 카드를 가장 나중에 뒤집었는데, 느낌으로 가장 중요한 카드라는 걸 알 수 있었다. 'Devil'이라고 적힌 카드였다. 카드의 상단에는 무시무시하게 생긴 악마가 그려져 있고 하단에는 여자와 남자가 쇠사슬에 목이 묶인 채 서 있었다. 느낌이 좋지 않았다. 여자가 물었다.

"이 표정을 보세요. 괴로워 보이나요?"

쇠사슬에 묶여 있으니까 당연히 괴로워할 거라고 생각했는데 의외로 무표정에 가까워 보였다. 보기에 따라서는 평온해 보이기까지 했다.

"아뇨. 별로 괴롭지 않은 것 같아요."

"술, 담배, 섹스, 마약, 이런 것에 중독되는 건 괴로운 일이에요. 사람들은 괴로운 일은 하지 않으려는 본능이 있어요. 그런데 왜 스스로 끈을 놓지 못하는 걸까요?"

여자는 자기가 질문하고 자기가 답했다.

"그 상태에 익숙해졌기 때문이에요. 어떻게 빠져나와야 할지 알 수 없기 때문에 그 상태에 머물러 있는 거예요. 자기 자신을 해치고 있다는 사실도 모르면서 말이죠."

자기 운명은 스스로 개척한다던 대니 오빠도 초집중해서 듣고 있었다. 대니 오빠가 물었다.

"그럼, 연예인은 힘들다는 뜻이네요?"

"된다, 안 된다의 문제가 아니에요. 자기 자신을 괴롭히는 습관부터 고치세요. 그래야 꿈이 명확해질 거예요."

무슨 뜻인지 알 것도 같고, 모를 것도 같았다. 머리만 복잡해졌다. 〈The Taro〉를 나온 대니 오빠와 나는 말없이 걸었다.

"무슨 말을 저렇게 어렵게 해. 된다는 거야, 만다는 거야? 이럴 거면 햄버거나 먹을 걸 그랬어."

대니 오빠가 툴툴거렸다. 나는 애써 웃어 보였다. 내가 말이 없자 오빠는 내 눈치를 보면서 "너 괜찮아?" 하고 물었다.

"괜찮지 그럼. 그나저나 오빠, 실망이다. 좋아하는 여자 있으면 나한테도 알려주지."

"그게, 곧 얘기하려고 했지."

우리는 말없이 걸었다. 괜히 눈물이 날 것만 같았다. 눈앞에 마침 지하철역이 보였다.

"난 저기서 지하철 타야겠다. 고백 잘 하고! 잘 가, 동칠 오빠!"

나는 우는 모습을 들키고 싶지 않아서 뒤도 돌아보지 않고 지하철역으로 뛰어갔다. 등 뒤에서 오빠가 "야, 진선미! 뛰지 마, 배 꺼져!" 하고 소리쳤다. 저런 구수한 농담이라니, 역시 대니보다는 부동칠이 어울렸다.

*

다시 다이어트를 시작하기로 했다. 지금 오십팔 킬로그램에서 딱 칠 킬로그램만 빼면 다른 오디션에도 도전할 생각이었다. 마침 중학교 친구들과 만나는 날이 열흘 뒤로 정해졌다. 일단 그날까지 삼 킬로그램만 빼기로 결심하고 다이어트 식단을 짰다.

첫 삼 일은 그런대로 견딜 만했다. 기운은 없었지만 토마토와 물, 바나나로 버텼다. 엄마에게는 친구들과 약속이 있다고 하고 집에 늦게 들어갔다. 다이어트를 오 일 정도 했을 때 어쩐지 살이 좀 빠진 것 같았다. 메신저 프로필 사진을 바꾸자 대니 오빠한테

톡이 왔다.

- 오, 진선미 장난 아닌데?
- 뭐가?
- 보정실력이.
- 보정 안 했거든?

따지듯이 말했지만 카메라 각도를 조절해서 얼굴이 날렵해 보이게 찍은 건 사실이었다.

- 너, 또 다이어트 빡세게 하나?
- 남의 일에 신경 끄고 오빠나 잘 해.
- 신경이 안 쓰여야지 말이지.
- 나 좋아함?
- ㅋㅋㅋㅋㅋㅋㅋㅋㅋㅋㅋㅋ

웃음소리만 잔뜩 찍힌 답장이 돌아왔다.


인터넷으로 소녀A의 이미지를 보았다. 카메라 마사지의 효과일까. 날렵해진 얼굴선과 매끄러운 피부, 여리여리한 몸매. 사진 속의 김아름은 내가 알던 아이와 사뭇 달랐다. 화사한 미소로 팬들에게 손을 흔들어 보이는 아름이는 그야말로 온몸에서 연예인다운 기운이 뿜어져 나왔다. 많은 사람들에게서 선망과 사랑을 한몸에 받아서 나오는 에너지일 터였다.

사람들은 소녀A가 눈에 띄지 않는 아이였다는 사실을 알까.

이상하리만큼 김아름의 과거에 대한 글이나 사진은 올라온 게 없었다. TJ는 비보이 시절의 사진이 많았고, 다른 후보인 성훈이나 엘리는 미국에서 친구들이 올린 졸업앨범 사진이나 친구들과 찍은 스냅사진을 인터넷에서 쉽게 찾을 수 있었다. 하지만 소녀A는 예외였다. 다들 나처럼 소녀A와 김아름을 연결지어 생각 못하는 것이다. 공연에서 김아름은 거의 뒷줄에 섰다. 센터를 맡은 나는 그애가 어떻게 춤을 췄는지 알지 못한다. 사람들은 늘 앞줄의 가운데 선 사람만 보는 법이다.

'무대에 아무리 여러 명이 서 있어도, 관중들의 눈에는 보이는 사람만 보이는 법이지. 그런 사람만이 연예인이 될 자격이 있는 거야.'

이 얘기를 해 준 건 대니 오빠였다.

'오빠가 틀렸어. 맨 뒷줄에서 허우적대던 애도 연예인이 될 수 있잖아.'

사람들에게 알려 주고 싶었다. 한때 빛났던 건 나라고.

*

중학교 친구들과 만났다. 살이 이 킬로그램 빠졌다. 살 빼면 입으려고 했던 치마를 무리해서 입기로 했다. 화장은 평소보다 공들여 했다. 다크서클을 가리느라 화장이 진해졌다.

"선미야, 여기!"

나를 향해 손짓하는 수정이가 보였다. 나는 밝게 웃으려고 노력했다. 아이들이 내 얼굴과 몸매를 훑어보는 게 느껴졌다. 친구 중 한 명이 말했다.

"너, 어제 뭐 먹고 잤어? 좀 부은 거 같아."

그냥 살이 쪘다고 대놓고 말하는 게 나았다. 사실 굶었지만 나는 라면을 두 개나 끓여 먹고 잤다고 거짓말을 했다.

우리가 만난 곳은 햄버거 가게였다. 종류별로 햄버거를 사서 한 조각씩 나눠 먹기로 했다. 패티가 두툼한 햄버거가 먹음직스러웠지만 선뜻 손이 가지 않았다. 한 번 먹으면 여기서 무너질 것 같았다. 수정이가 날 보면서 말했다.

"왜 안 먹어?"

"그냥 햄버거 느끼해서 별로야."

"너 햄버거 좋아하잖아. 예전에 세 개 먹기 게임 하고 그랬잖아."

그건 아무리 먹어도 살이 안 찔 때의 이야기였다.

"그냥 속이 좀 안 좋아서. 다이어트 중이야."

화제는 곧 내 연예기획사 얘기로 넘어갔다.

"기획사 생활은 어때? 너 힘든가 보다. 화장도 좀 떴어."

그제야 기획사에 들어갔다고 거짓말한 게 생각났다. 나는 대충 말을 지어냈다.

"그렇지 뭐. 쉬운 게 어디 있니."

"근데 너, 예전 연예기획사는 왜 나온 거야?"

친구 중 한 명이 묻고는 "더 좋은 데로 들어가서 다행이지만" 하고 덧붙였다.

"좀 힘들었어. 여러모로."

연습생 생활 얘기는 길게 하기 싫어서 말을 아꼈다. 아무것도 모르면서 사람들은 쉽게 포기했다고 떠들어 댈 것이다.

"하긴, 기획사 들어간다고 다 연예인 되는 것도 아니고 나오는 사람도 많지 뭐."

나는 다른 얘기를 하려고 애썼다. 문득 소녀A가 떠올랐다.

"너희 소녀A가 김아름인 거 언제 알았어?"

내가 소녀A 이야기를 꺼내자마자 내 이야기는 관심에서 멀어졌다. 살이 너무 빠져서 몰라봤다느니, 살 빼고 꾸미니까 다른 사람 같다느니 갑자기 테이블이 시끄러워졌다. 김아름의 유명세에 충격을 받은 건 나뿐만이 아닌 모양이었다.

"김아름이 작곡도 잘하는지 몰랐어. 진짜 신기하다. 난 선미가 데뷔할 줄 알았는데, 김아름이 이렇게 유명해질 줄이야."

"사실 나도 데뷔해."

나는 불쑥 말해 버렸다.

"정말?"

아이들이 한목소리로 물었다. 놀람이 아닌 의심이 담긴 말투였다.

"사실 예전 회사에서 나온 건, 〈엔터뮤직〉에 들어가려고 그런 거였어."

말을 하자마자 후회했다. 사실 거짓말이었어. 미안, 하고 돌이키고 싶었지만 이미 너무 늦어버렸다.

"〈엔터뮤직〉이 더 탄탄하잖아. 근데 거기는 연습생인 거 얘기하고 다니는 걸 싫어하더라고. 그래서 너희한테는 말 안 한 거고."

나는 변명을 했다. 내가 한 거짓말을 그럴듯하게 만들려고 자꾸만 거짓말을 덧붙였다. 거짓말처럼 들릴까 봐 자꾸만 말을 만들어 냈다. 하지만 내 귀에도 어설프게 들렸다. 아이들은 질문을 쏟아냈다.

"언제 데뷔하는데?"

"정확한 날짜는 아직 안 정해졌어. 아마도 올해 안에?"

"그룹 이름은 뭐야?"

"그것도 아직 안 정해졌어. 대표님이 정해서 알려 주실 거야."

"다른 멤버들도 정해졌어?"

"음, 거의 다. 내가 데뷔할 그룹은 여섯 명, 아니 다섯 명인데……."

알게 뭐야, 싶었다. 내 목소리에서 거짓말이라는 게 티가 날까 봐 불안할수록 이상하게 목소리가 커졌다. 실력 부족으로 쫓겨나다시피 나온 주제에 거짓말이 술술 나왔다.

하지만 아이들의 질문이 점점 집요해졌다. 더 이상 들키지 않을 자신이 없을 즈음 나는 바쁘다고 하고 급히 나왔다. 오늘도 연습이 있는데 너희들 보러 잠깐 나온 거라고, 묻지도 않은 말까지 해 버렸다.

걸으면서 거짓말한 걸 후회하고 또 후회했다. 집에 들어가고 싶지 않았다. 쇼핑몰에 가서 사람들 사이를 걸었다. 속이 답답해서 아이스 아메리카노를 마시면서 카페에 앉아 있었다.

마침 매장에서 소녀A의 노래가 크게 나오고 있었다. "떨어져요, 떨어져요." 옆 테이블에 앉은 여자가 무심결에 노래를 따라 불렀다. "떨어져요, 떨어져요." 여자가 같이 온 친구한테 말했다. "이 노래 너무 좋지 않아?" "응, 들을 때마다 눈물 날 것 같아."

그때 휴대폰이 울렸다. 수정의 전화였다.

"선미야, 아까 물어보려고 했는데 까먹은 게 있어서. 너 혹시 ○○○이라고 알아?"

수정은 자기 친구의 친구가 〈엔터뮤직〉의 연습생이라며 혹시 친하냐고 물었다. 알 리가 없었다. 나는 서로 아는 사이는 아니지만, 이름을 들은 기억이 얼핏 난다고 주절주절 변명하듯 말했다. 수정은 알겠다고 하고 전화를 끊었다. 될 대로 돼라, 싶었다. 나는 얼음을 와자작 깨물었다.

잠시 뒤 수정이에게 또 전화가 왔을 때, 처음에는 받지 않으려고 했다. 더 이상 거짓말을 하고 싶진 않았다. 하지만 전화를 받지 않으면 피한다는 의심을 받을 것 같았다.

아무 소리도 들리지 않았다. 아니, 잘 들어 보니 어떤 소리가 들리기는 했다. 실수로 전화가 걸린 모양이었다. 귀에 가까이 가져다 대고 들었다.

"거봐, 내가 거짓말할 거라고 했지?"

"대박이다. 진선미 구라쟁이네."

"내 친구의 친구가 거기 연습생으로 있는데 진선미 알지도 못하던데? 내가 볼 때는 첫 기획사에서 나온 것도 거의 쫓겨났을 거 같아. 솔직히 거기 가면 난다 긴다 하는 애들이 수두룩한데 진선미는 거기선 평범하잖아."

"살도 졸라 많이 쪘어. 치마 끼는 거 봤어?"

"그러니까. 옛날에는 그렇게 먹어도 살 안 찌더니."

"피부도 이상하고, 완전 변햇…… 어?"

갑자기 말소리가 멈췄다. 그제야 휴대폰이 켜진 걸 발견한 모양이었다.

"어떻게 해. 버튼 잘못 눌렀나 봐. 여보세요? 여보세요? 선미야, 거기 있어?"

조심스러운 목소리였다. 나는 아무 말도 하지 않고 숨소리를 죽였다. 저쪽에서 아이들의 목소리가 다시 들렸다. 어떡해, 어떡해, 하는 소리가 들렸다.

"아무 소리도 안 나."

이 말을 끝으로 전화가 끊어졌다.

나는 카페에서 나와 다시 걸었다. 쇼핑몰 밖으로 나와서 발길이 닿는 대로 어디인지도 모르는 채로 걷고 또 걸었다. 정신을 차렸을 때는 낯선 동네에 있었다. 해가 지고 있었다. 저녁이 지나 곧 밤이 올 것 같았다. 어지러웠다. 햄버거도 먹지 않았으니 어제 점심 이후로 아메리카노 한 잔 마신 게 전부였다. 배에서 꾸룩거리는 소리가 끊이지 않았다. 어디선가 호빵 냄새가 났다. 편의점에서 나는 냄새였다.

다음 순간, 나는 편의점 테이블에 선 채로 먹을 것을 입에 밀어 넣고 있었다. 호빵을 먹고, 주스를 마시고, 과자와 비스킷을 먹고, 삼각김밥을 먹고, 사이다를 마시고, 아이스크림을 먹고, 샌드위치를 먹었다. 아무리 먹어도 허기가 졌다. 누군가 내가 먹는 모습을 보는 게 아닐까, 주위를 두리번거리다가 벽에 있는 거울 속 내 모습을 보았다. 한 마리 고릴라 같았다.

토할 것처럼 헛구역질을 했다. 가방을 움켜쥐고 편의점 밖으로 나왔다. 편의점 옆 골목길에서 바닥에 먹은 걸 토했다. 눈물과 콧물도 같이 나왔다. 최악이었다. 다행히 가방에 휴지가 있어서 입에 묻은 걸 닦고 비틀비틀 걷기 시작했다. 거리에서 시끄러운 음악 소리가 들렸다. 옆을 보니 댄스 학원이 있었다. 뭔가 익숙해서 멍하니 보다가 대니 오빠가 일하는 학원이라는 걸 깨달았다. 유리창에는 '연예인준비반 모집'이라고 적혀 있었다. 저 안에서도 연예인이 되고 싶은 아이들이 필사적으로 춤 연습을 하고 있겠지. 사람들은 꿈을 향해서 나아가고 있는데 나는 자꾸만 멀어지고 있었다. 그 꿈에 가까이 갈 수 있었는데, 눈앞에 보이는 것 같았는데, 정신 차려 보니 멀리 퉁겨진 기분이었다.

집에 왔을 때는 손가락 하나 움직일 힘이 없었다. 그대로 잠들고 싶었지만 속이 불편했다. 신물이 올라왔다. 새우처럼 등을 쪼그려 누워 휴대폰으로 소녀A를 검색했다. 김아름은 TOP5에 진출했다. 사람들은 지금까지 본 〈넥아타〉 무대 중에 최고였다며 소녀A를 찬양했다.

휴대폰 화면 한가득 김아름과 함께 찍었던 사진을 띄웠다. 그 사진을 오랫동안 보다 보니 중학교 때 김아름과의 기억이 어렴풋이 떠올랐다. 저 사진을 찍은 날, 내가 김아름에게 화장을 해 줬던 것도 기억이 났다.

공연 날, 무대에 올라가기 전에 한껏 들떠서 화장을 고치는 다른 아이들과 달리 혼자서 맨얼굴을 하고 있는 김아름이 눈에 거슬렸다.

"내가 화장 해 줄까?"

김아름은 고민하더니 얌전히 나한테 얼굴을 맡겼다. 나는 원래 화장품을 모으는 것도 화장을 해 주는 것도 좋아했다. 연예인 준비를 할 때도 같은 연습생의 메이크업을 도와줄 정도였다. 내 손끝에서 일어나는 변화를 지켜보는 것이 즐거웠다. 내 아이라이너랑 블러셔, 립글로스로 화장을 하자 김아름의 인상이 확 달라졌다. 빈 도화지 같은 얼굴이었다.

"너 조금만 꾸미면 예쁠 것 같다."

그 말은 진심이었다. 블러셔가 간지러운지 볼을 찡긋거리는 아름이에게 물었다.

"근데 너는 왜 댄스부에 들었어?"

아름이는 고민하는 듯하다가 답했다.

"춤은 감정을 표현하는 좋은 방법이 될 수 있다고 해서."

"누가 그래?"

김아름은 어깨를 으쓱해 보이고는 아무 대답도 하지 않았다.


또 갑자기 떠오르는 장면이 있다. 한번은 동아리 연습실에서 흥얼거리고 있는 김아름을 본 적이 있다. 가까이 가서 보니 휴대폰에 대고 노래를 하고 있었다. 뭘 하고 있냐고 묻자 "노래를 녹음하고 있어. 멜로디가 사라져 버릴까 봐" 하고 대답했다. 김아름의 음색이 놀랄 만큼 맑았다는 게 기억났다.

내가 기억하는 건 이렇게 단편적인 것들뿐이었다. 어느 순간 나는 김아름이 특별한 아이라는 걸 느꼈을지도 모른다. 하지만 나는 애써 부인했다. 김아름은 나에게 연예인을 꿈꿨을 리 없는, 조용하고 평범한 아이였다. 간절히 원하고 노력하는 것은 나인데, 왜 그 애가 스타가 된 걸까.

이불 속에서 한참을 울었다. 나와 상관도 없는 소녀A가 미웠다. 예뻐진 얼굴에 상처를 내고 싶었다. 대신 사람들이 나를 봐 주었으면 했다. 내가 예쁘다고 해 줬으면 좋겠다. 지금의 내 모습은 싫었다. 내가 빛나던 때, 아직 꿈을 가지고 있었을 때의 나를 보여 주고 싶었다.

과거의 소녀A와 함께 찍은 사진이라면, 사람들이 나의 특별함을 알아봐 주지 않을까. 나는 노트북 앞으로 갔다. 그리고 〈넥아타〉 공식 홈페이지에 접속했다. '소녀A 과거사진'이라는 제목으로 내 얼굴을 가리지 않고 사진을 올렸다. 사진을 올리는 건 너무 쉬웠다. 클릭 몇 번이면 끝났다. 그래서 별일 아닌 것처럼 느껴졌다. 나는 노트북 앞에 앉아 댓글이 달리기를 간절히 기다렸다. 소녀A를 짓밟는, 그리고 그 옆에 있는 나를 봐 줄 누군가의 댓글을 말이다.

**세 번째 이야기: 고세리**

**ID: kose**

—

## 왕따 논란 휩싸인 소녀A, 이번에는 성형 논란?

왕따 가해자 논란의 중심에 섰던 소녀A가 하루 만에 성형 논란에 휩
싸였다. 최근 인터넷에는 소녀A의 중학교 때 찍은 것으로 추정되는 사진이
올라왔다. 친구들과 함께 야외에서 찍은 사진에서 지금과는 사뭇 다른 소녀
A의 모습이 눈에 띄었다.

소녀A는 지금보다는 다소 통통한 모습으로 친구들과 어울리고 있었다.
네티즌들은 '얼굴이 달라서 소녀A인지 몰랐다' '다이어트 열심히 한 듯' 등의
반응을 보였다.

- JS스타뉴스

쉬는 시간 종이 울리자마자, 나는 책상에 엎드렸다. 짐짓 자는
척, 피곤하다는 듯, 봄날의 곰처럼, 아니면 여름날의 개처럼 께느

른하게 몸을 낮추고 두 팔로 만든 우물 속에 얼굴을 묻었다. 딱히 잠이 오는 것은 아니다. 그냥 멀뚱히 혼자 있기가 싫었다. 이어폰에서는 힙합 음악이 나왔다. 상상으로 춤을 췄다. 웨이브, 팝핀 동작을 넘나들면서 무대에 서 있는 내가 보였다. 춤을 추고 싶었다.

고등학교는 엿같았다. 한 시간 반으로 늘어난 통학 거리 때문에 매일 아침 피곤했다. 과목별로 들어오는 선생님들마다 '너희들은 더 이상 중학생이 아니다' '일학년 때부터 정신 단단히 안 차리면 삼학년 때 피눈물 흘린다'고 겁을 줬다. 기선제압이 될 거라고 생각한 걸까.

담임은 첫 출석을 부르면서 내 이름 '고세리'를 '고사리'라고 잘못 부르며 초등학교 때 별명을 소환했다. 실수인지 실수를 가장한 장난인지 불분명했지만 담임은 그렇게 불러 놓고는 웃기다고 낄낄거렸다. 며칠 지나면서 보니 담임은 썰렁한 농담을 해 놓고 혼자 웃는 스타일이었다. 그 정도의 유머에 웃어 주는 건 초딩들이고, 대놓고 야유하는 건 중딩들이다. 고딩들은? 아무 반응을 보이지 않았고, 담임의 웃음은 언제나 쓸쓸히 사그라들기 마련이었다.

하루하루가 피곤했다. 아이들이 서너 명씩 뭉치는 동안, 나는 쉬는 시간마다 엎드려서 잠만 잤다. 그러다 보니 새 학기가 된 지 이 주가 된 지금까지 누구와도 친해지지 못했다.

쉬는 시간에 엎드려 있으면 늘 매점 가자고 깨우던 나의 유일한 중학교 친구 홍희주가 그리울 정도였다. "고세, 그만 좀 처자고 나랑 매점이나 가지? 나 졸리다고 이년아." 서로 다정하게 욕을 주고받으면서 매점으로 향하던 그때로 돌아가고 싶었다.

하지만 지금은 유감스럽게도, 아무도 나의 고독을 방해하지 않았다. 아, 이건, 너무나 고독했다.

중학교 때 친구인 홍희주는 나한테 줄창 말하고는 했다.

"넌 알고 보면 그렇게 재수 없지는 않은데, 재수 없다고 생각하기 딱 좋은 인상을 가졌어."

그러고 보면 가만히 있어도 치켜 올라간 눈 때문에 노려본다는 오해를 사고는 했다. 잘 웃지 않기 때문인 듯도 했다. 어쨌든 내가 지금 절대고독 상태가 된 것도 그 재수 없는 인상 때문이었다.

고개를 들었다. 잠을 잔 것도 아닌데 침이 나와서 볼이 젖어 있었다. 침을 닦고 휴대폰을 만지작거리기 시작했다.


노래가 끝나자 아이들이 하는 소리가 귀에 들어왔다. 쉬는 시간에 아이들이 하는 이야기는 뻔했다. 학교 얘기나 친구 얘기, 아니면 연예인 얘기였다. 앞자리에 앉은 아이들은 연예인 이야기를 하면서 목청을 높였다.

"야, 소녀A 기사봤어?"

"어 대박. 왕따 코스프레 하더니 자기가 왕따 시켰다면서?"

"걔 때문에 이번 〈넥아타〉는 망했네."

"그래도 우리 TJ가 1위 할 가능성은 많아졌다."

"어차피 1위는 무조건 TJ였어. 소녀A가 1위 감은 아니지."

"무슨 소리야. 1위는 우리 성훈 오빠지."

앞뒤로 소녀A 얘기뿐이었다. 얼마 전에 인터넷에 올라온 글 때문이었다. 자신이 초등학교 때 소녀A에게 왕따를 당했다고 주장하는 글이었다.

앞자리 애들은 연예인 얘기가 자기들 삶에 도움 되는 것도 아닐 텐데 다들 흥분해서 목청을 높였다. 너희들 인생에나 더 관심 가지라고 말해 주고 싶다. 그래도 궁금하기는 한지라 자꾸 아이들의 이야기에 귀가 쏠렸다.

"진짜 가식 쩐다. 왕따 피해자의 심정을 안 게 아니라 가해자의 심정을 안 거였어."

"어쨌든 왕따랑 관련이 있기는 한 거네."

역시, 소문이란 건 항상 안 좋은 쪽으로 흐르기 마련이었다.

"너 그거 알아?"

"소녀A 자퇴했잖아. 사실 그거 강제퇴학이었대."

"왕따 시킨 것 때문에 그런 거야?"

아, 못 들어 주겠네. 나는 고개를 세차게 흔들며 끼어들고 말았다.

"야, 아름 언니 그런 사람 아니야."

아이들이 일제히 대화를 멈추고 뒷자리에 앉은 나를 바라보았다. 저 험악하게 생긴 애는 뭐야, 라는 표정들이었다. 분명 홍희주가 나한테 '재수없어 보인다'고 지적하던 그 표정을 짓고 있을 것이다. 헉, 분위기 파악 못 하고 대책 없이 끼어들고 말았다. 갑자기 머쓱해졌다. 쪽팔려서 귀가 뜨거워지는 게 느껴졌다. 다시 엎드려 버릴까.

"아름 언니라니, 그게 누군데?"

그중 한 명이 물었다. 나는 한꺼풀 풀이 죽어서 말했다.

"소녀A 말이야. 원래 이름이 김아름이야."

"너 소녀A 알아? 대박!"

목소리가 커졌다. 엄청난 기세에 놀랐다.

"주, 중학교 때, 동아리 선배였어."

"대박!"

순식간에 대화가 활기를 띠었다. 아이들은 아예 내 쪽으로 몸을 확 틀고 내 책상 위에 팔꿈치를 기댔다.

"어땠어? 왕따 시킨 거 맞아?"

"아니야, 그런 적 없어."

"성격은 어때? 안 이상해?"

"그냥, 평범했어. 조용하고. 하여간 왕따 시킬 사람은 절대 아니야!"

때마침 수업이 시작됐다. 아이들은 아쉬운 기색으로 돌아섰다.

내용은 잘 알고 있었다. 나도 놀라서 두 번이나 읽었으니까. 소녀A, 그러니까 아름 선배가 왕따 가해자였다는 글인데, 아무리 봐도 믿기지 않았다.

아름 언니를 처음 만난 건 중학교 때 들었던 댄스 동아리에서였다. 꽤 유명한 동아리였다. 청소년 대상 댄스경연대회에서 상을 탄 적도 있고, 간혹 시나 도에서 하는 청소년 공연에 초청을 받기도 했다. 하지만 동아리가 주목받은 가장 큰 이유는 진선미 선배였다. 동아리 회장이었던 진선미 선배는 대형 연예기획사에 소속되어 있었다. 소문에는 기획사 길거리 캐스팅도 여러 번 되었다고 했다.

동아리에 들어가기 위해 오디션은 꼭 거쳐야 할 관문이었다. 나는 자유 댄스를 준비해 갔다. 대부분 걸그룹 댄스를 준비해 왔지만 난 내가 춤을 만드는 게 좋았다. 초등학생일 때부터 나는 춤추는 걸 좋아했다. 수련회 때도, 학교 장기자랑 때도 자진해서 무대에 올라갔다.

오디션을 보러 갔을 때 동아리 회장인 선미 선배가 한가운데 앉았고, 양쪽으로 삼학년 선배들이 앉아 있었다. 아름 선배는 어디 있었더라? 기억이 나지 않았다.

선미 선배는 듣던 대로 여신급이었다. 연예인이라고 해도 놀랍지 않았다. 서늘한 스타일의 미녀가 아니고, 생글생글 웃으면서 후배들 긴장을 풀어 주려고 했다.

"와, 완전 연예인. 진짜 예쁘다."

옆에 있던 희주가 속삭였다.

오디션이 끝나고 돌아가는데 어려 보이는 얼굴의 누군가가 내 앞에 섰다.

"네 춤, 정말 좋더라. 직접 만든 거지?"

"응, 아! 예."

이름표 색깔이 노란색이었다. 우리 학교는 학년마다 이름표 색깔이 달라서 삼학년이라는 걸 알 수 있었다. 동그랗고 살이 많은 얼굴이 부풀어 오른 빵 같다고 생각했다.

"그냥, 춤 멋있다고 얘기해 주고 싶어서."

"고맙습니다."

갑작스런 칭찬에 난 좀 떨떠름하게 대답했던 것 같다. 그 말을 끝으로 동그란 빵 같은 얼굴의 선배는 교실 안으로 들어갔다. 그게 아름 선배에 대한 첫 기억이었다.


아름 선배는 좀 겉도는 느낌이었다. 춤을 특별히 잘 추는 것도 아니었고, 춤 연습을 할 때도 늘 뒷줄이나 가장자리에 섰다.

우리의 우상은 선미 선배였다. 연예기획사에서 경험한 얘기는 우리 사이에서 전설처럼 전해졌다. 선미 선배가 연습생으로 들어간 곳은 '탑쓰리' 안에 드는 소속사였다. 선미 선배는 가끔 동아리실에 놀러 와서 소속사 연예인들의 이야기를 해 주었다. A와 B가 사귄다는 이야기, 순수한 이미지의 여자 연예인 C가 사실은 성질이 더러워서 퇴출 직전이라는 이야기 같은 것들이었다. 연습생 생활도 선배로부터 들었다. 상상한 것 이상이었다. 기획사에서 정해 준 만큼 몸무게를 빼야 하고, 한 달에 한 번은 모든 사람이 보는 앞에서 체중계에 올라가야 한다고 했다. 하루 종일 닭가슴살 한 조각이나 토마토 다섯 알만 먹는 연습생들도 있다고 했다. 연습은 하루에 다섯 시간 기본에 자기가 원하는 만큼 더 할 수 있는데 열 시간까지 하는 사람도 많다고 했다. 그런 고된 상황을 견디는 선미 선배가 대단해 보였다.

가끔 아름 선배가 대화에 오르는 건 웃음거리가 될 때뿐이었다. 동아리 부원들이 아름 선배에 대해서 수군거리는 걸 들은 적이 있다.

"저 선배는 어떻게 우리 동아리에 들어왔는지 모르겠어."

"저 때 지원자가 워낙 없어서 지원한 사람 다 뽑았다잖아. 선미 선배한테 기가 눌려서 사람들이 지원을 안 했다나."

"하긴 그럴 만도 해."

"저 선배 오디션 볼 때 엄청 웃겼대. 막춤 췄대."

"내가 듣기로는 거의 탈춤에 가까웠다던데."

하지만 나는 아름 선배를 가벼운 웃음거리로 만들 수 없는 이유가 있었다. 나에게는 아름 선배와의 특별한 기억이 있었다. 희주에게도 말하지 않은, 아름 선배와 나 둘만의 기억이었다.

*

학교가 끝나고 편의점으로 향했다. 주말을 제외하고 밤 열 시까지 편의점에서 일했다.

처음 알바를 시작한 건 이 년 전이었다. 그 해 여름은 내 인생에서 가장 우울한 시기였다. 중학교 이학년, 아빠가 운영하던 인쇄소를 정리했다. 어른들의 일은 정확히 알 수 없었지만, 이것 하나는 분명하게 알 수 있었다. 우리집, 망했구나. 참담한 느낌이었다. 언니와 나는 막연한 공포에 휩싸여서 울었다.

한 번도 생각해 본 적 없는 일이 일어났다. 우리는 이모네 집 남는 방 한 칸에 우글우글 모여 살다가, 한 달 만에 단칸방을 얻어서 나왔다. 지상에 있던 우리집은 지하로 내려갔다. 그때의 사진들은 보면 하나같이 표정이 없었다. 아니, 한여름에 직사광선을 받은 사람처럼 인상을 찡그리고 다녔다. 춤추는 것도, 동아리 활동도 모두 시들해졌다. 희주가 말하는 어쩌면 재수없는 표정은 그때 생긴 것일지도 모른다.

편의점 알바를 시작한 건 집에 있고 싶지 않아서였다. 네 명이 우글거리고 있으면 산소도 부족한 느낌이었다. 아는 얼굴과 마주치는 것이 싫어서 일부러 학교에서 멀리 있는 편의점을 찾았다.

편의점 일은 이제 손에 익어서 쉬웠다. 술 취한 사람이나 괜한 시비를 걸어오는 진상 고객들을 대하는 것도 어느 정도 요령이 생겼다. 여전히 정복하지 못한 두 명이 있는데, 단골 노숙자랑 사이코패스였다. 단골 노숙자는 그나마 나았다. 냄새가 문제였지만, 가끔 들어와서 몇 바퀴를 돌다가 나가는 게 전부였다. 문제는 사이코패스였는데, 멀쩡하게 양복을 입고는 나한테 알 수 없는 소리를 중얼거리고는 했다. 상의 안쪽에 뭐가 들어 있는지 모르겠지만, 안주머니에 손을 깊숙이 넣고 있었다.

편의점은 회사가 많은 지역에 있었다. 편의점 도시락이 잘 나가는 시간과 숙취해소 음료가 잘 나가는 늦은 밤에도 바빴지만 나머지 시간은 한가한 편이었다. 손님이 없는 시간에는 유튜브로 내가 좋아하는 댄서들의 영상을 보았다. 음악을 듣다가 신이 나면 계산대 뒤의 공간에서 춤을 추기도 했다. 공간이 좁아서 살살 몸을 움직이는 정도였다.

초등학교 때만 해도 막연히 가수가 꿈이었다. 그런데 언제부턴가 댄서가 더 멋져 보였다. 남들이 가수를 좋아할 때, 나는 그 뒤에 선 댄서들에게만 눈이 갔다. 댄서가 없으면 무대는 초라해졌다.

내가 가장 동경하는 댄서는 뉴욕 출신의 댄서 C였다. 그는 비즈니스맨들이 바쁘게 움직이는 뉴욕 말고, 뉴욕의 뒷골목, 마약과 매춘이 흔한 빈민가에서 태어났고, 위험한 환경에 방치된 채

성장했다. 나는 그가 자신이 태어난 골목을 배경으로 댄스 팀과 영상을 찍은 걸 돌려 보고는 했다. 춤을 출 때 그의 표정은 특별했다. 아무것도 존재하지 않는 느낌, 심지어 자신의 과거도 모두 잊은 것 같은 느낌이었다. 음악이 시작되면 갑자기 다른 세계로 가 버리는 것이다. 나는 C가 춤을 출 때 어떤 느낌인지 알 수 있을 것 같았다. 그는 댄서인 동시에 안무가이기도 했다. 자신이 배운 춤동작들을 자유롭게 조합해 만든 독특한 동작들은 그의 춤을 특별하게 만들었다. 나도 그를 따라 안무가로 꿈을 정한 지 오래였다. 춤을 추는 것뿐만 아니라 춤을 만드는 것도 즐겁다는 걸 발견했다.

최근에 꿈이 생겼다. 유튜브에 내 창작 댄스를 올려 보는 것이다. 문제는 영상을 찍을 공간이 없다는 것이다. 집은 간신히 누울 자리만 있었고, 학교 강당은 개인적인 용도로 사용할 수가 없었다. 딱 한 번 시도해 봤는데 자꾸 누가 들어와서 그만둬 버렸다. 무엇보다 조명이 갖춰진 공간을 찾는 게 중요했다. 텅 빈 방과 커다란 거울이 사방에 달린 방을 떠올렸다. 그 안에서 마음껏 춤을 추는 상상을 했다. 하지만 우리집은 나만의 방은커녕 네 가족이 한 방에서 우글거리며 살고 있다.


편의점 맞은편에는 〈댄스 스쿨〉이라는 방송댄스 교습소가 있다. 편의점 창문으로 뒷골목이 보였다. 잘 차려입은 애들이 나와서 담배를 피우면서 얘기를 나누고 있었다. 회색 트레이닝복을 입은 남자가 나오는 게 보였다. 그는 스트레칭 하면서 몸을 풀었다. 담배를 피던 사람들이 그에게 다가가서 아는 척을 했다. 그들은 힙합 하는 사람들이 하는 식으로 주먹을 맞대며 인사했다.

댄스 학원 사람들을 엿보고 있는데, 희주한테 카톡이 왔다.

– 당신은 소, 말, 사자, 양, 원숭이와 사막을 여행하고 있습니다. 한 마리씩 버려야 한다면 어떤 순서로 버리시겠습니까?

보나마나 시답잖은 심리테스트인 모양이었다. 홍희주는 심리테스트 신봉자였다. 수시로 심리테스트 링크를 보내서 답을 내놓으라고 하는가 하면, 난데없이 집, 사람, 나무를 그리라고 하기도 했다.

– 빨리 해 봐.

내가 답이 없자 홍희주가 다시 톡을 했다. 안 하면 할 때까지 잔소리를 할 것이다. 아무렇게나 대답하는 게 상책이었다.

– 원숭이, 말, 양, 소, 사자.

답장을 보내자마자 희주한테 전화가 왔다.

"고세, 이 매정한 년. 넌 그럴 줄 알았다. 친구는 버려도 자존심은 못 버리는 년아!"

희주는 내가 가장 먼저 버린 원숭이는 친구, 가장 마지막까지 남긴 사자는 자존심이라고 했다.

"참나. 넌 그걸 믿냐?"

"당연하지. 너도 모르는 너의 무의식을 보여 주는 거라고."

"그러는 넌 끝까지 남는 게 뭔데?"

"난 당연히 사랑이지! 러브!"

그러고 보니 희주는 양떼목장에서 본 양하고 비슷했다. 복슬복슬한 곱슬머리가 특히 그랬다. 동그란 얼굴이 떠올라서 웃음이 피식 나왔다. 양을 닮은 희주가 말했다.

"야, 이번 주에 에버랜드 가자. 울 이모가 자유이용권 준대."

희주는 어릴 때 부모님이 이혼을 해서 엄마와 이모와 살고 있었다. 남동생도 있는데 아빠가 데려가서 다섯 살 이후로는 본 적이 없다고 했다. 희주는 엄마와 사는 것에 아무런 불만이 없었다. 이모가 부자인데다 결혼을 안 해서 그런지 희주한테 용돈을 듬뿍 주는 모양이었다.

"안 가. 주말에도 알바 해야 해."

"거짓말 마. 주말에는 알바 안 하잖아. 공짜야, 공짜!"

희주는 나한테 뭘 하자고 할 때는 공짜라는 걸 강조했다. 내가 돈 드는 건 아무것도 안 한다는 걸 알기 때문이었다.

"주말 알바 펑크 나서 낮 시간만 대신 하기로 했어."

"아, 짜증 나. 편의점 알바 해서 떼돈 벌어라!"

"야, 나 바빠. 끊어."

"오늘도 늦게까지 일함?"

"어. 돈 벌어야 해."

"쳇."

아까 본 회색 트레이닝복의 남자가 편의점으로 들어오는 게 보였다. 나는 급히 전화를 끊었다. 학원 강사가 말했다.

"말보로레드요."

"신분증 보여 주세요."

남자가 주머니를 뒤적거리더니 머쓱해 했다.

"지갑을 안 가져와서요."

"신분증 안 보여 주면 못 드려요."

"혹시 저 모르세요? 저기 강산데."

내가 아무 말 없이 서 있자, 남자는 "이참에 끊죠, 뭐!" 하고 다시 편의점 밖으로 나갔다.

사실 남자가 학원 강사라는 걸 알고 있었다. 사실 그가 어떤 담배를 피우는지도 알았고, 코카콜라와 멘토스 중독이라는 것도 알았다.

그를 처음 본 건 며칠 전 마감 시간이 다 되어가던 때였다. 한가한 시간이어서 이어폰을 끼고 노래에 맞춰 춤을 추고 있었다. 원래는 몸만 살살 흔들려고 했는데 나도 모르게 동작이 커져서 계산대 옆에 있던 껌과 젤리 봉투가 와르르 쏟아졌다. 당황해서 이어폰을 뺐는데 눈앞에 그 댄스 강사가 있었다. 언제부터 본 건지 우두커니 날 보고 있는 남자 앞에서 얼굴이 붉어졌다. 남자가 말보로레드를 사면서 말했다.

"춤 좋아하시나 봐요. 저희 학원 오세요. 요 옆에 있어요."

그날 밤, 유튜브 영상으로 그의 댄스 영상을 찾아보았다. 요즘
에는 학원 홍보차 강사들도 댄스 영상을 올리고는 했다. 댓글에
서 사람들이 그를 '대니 아빠'라고 부른다는 것도 알고 있었다.
학원 수강생들을 자상하게 잘 챙겨서 생긴 별명인 모양이었다. 그
런데도 나는 눈앞의 남자를 모른 척하고 말았다.

편의점 출입문에서 띵동, 하는 소리가 들렸다. 신분증을 안 가
져왔다던 남자가 다시 들어와서 내 앞에 휴대폰을 내밀었다. 휴
대폰 화면에 뜬 건, 누군가의 프로필이었다.


대니

생년월일: 1997.4.5

소속그룹: 럭키세븐


"이거, 저예요. 여기 생년월일 있죠?"

나는 담배를 내밀었다.

"비록 해체하긴 했지만, 이렇게 쓸 데가 있네요."

남자는 밝은 표정으로 나갔다. 처음 들어보는 아이돌 이름이
었다. 하긴 이렇게 이름도 없이 사라져 간 그룹이 한둘이 아닐
것이다.

댄스 강사가 떠난 뒤 휴대폰을 보니 희주에게서 메시지가 와 있었다.

- 자존심만 남은 독한 년, 알바 잘 해라.

나는 다정한 답장으로 손가락 욕 이모티콘을 날려 주었다.

희주는 우리집 사정을 아는 유일한 친구였다. 이 년 전, 알바를 시작한 지 얼마 되지 않아 희주가 날 찾아왔다. 희주는 당당히 교복을 입고 맥주 두 캔을 계산대에 올려 놓았다.

"너 여기 어떻게 왔어?"

"미행했지. 네가 하도 수상쩍게 굴어서."

"미성년자한테는 술 안 파는데."

"야, 이 매정한 년아!"

홍희주가 나한테 맥주 캔을 던졌다. 늘 매정한 년이라고 말로 핍박하면서도 하루에도 수십 통씩 메시지를 보내는 걸 보면 희주도 친구가 별로 없는 듯했다.

어쨌든 사자를 선택한 건 이유가 있었다. 사막을 건너려면 든든한 보디가드가 필요했다. 그만큼 두렵고 막막하기 때문이었다. 그러니까, 자존심이 강한 사람은 알고 보면 겁이 많은 사람이 아닐까.


댄스 학원에 불이 꺼졌다. 나의 퇴근 시간이 다가온다는 뜻이었다. 거리에는 야근하고 집에 가는 직장인들이 보였다. 학원 강사도 퇴근을 준비하고 있을 것이다.

스트레칭을 하는데 문 열리는 소리가 들리더니 한 여자가 들어왔다. 여자에게 눈길이 간 것은 물건을 고르는 속도가 매우 빨랐기 때문이었다. 정신없이 물건을 집어 들면서 봉지과자 몇 개를 바닥에 떨어뜨리기도 했다.

어디서 본 얼굴이다 싶었는데, 계산할 때에야 누구인지 알아봤다. 댄스 동아리에서 유명했던 선미 선배였다. 선배의 얼굴은 체한 사람처럼 핏기가 없었다. 선배는 내 얼굴은 보지도 않고 계산을 한 뒤 간이 테이블에 서서 닥치는 대로 먹기 시작했다. 테이블에 쌓인 비스킷과 초코바와 음료수가 무너지기 일보 직전이었다.

그새를 못 참고 희주에게서 메시지가 왔다. 새로운 심리테스트였다.

- 이것도 해 봐. 완전 잘 맞음 ㅋㅋㅋ

- 지금 그게 문제가 아냐. 편의점에 누구 있는지 알아?

- 누군데? 연예인 왔어?

- 진선미 선배.

- 대박. 아직도 예뻐?

- 음, 예쁘긴 한데, 좀 묘해. 뭔가 달라 보여.

- 인사했어?

- 아니.

- 왜? 데뷔 언제 하는지 빨리 물어봐.

- 그럴 상황이 아닌 것 같아서.

답장을 쓰고 있는데 선미 선배가 갑자기 편의점 문을 박차고 나갔다. 따라가서 보니까 골목길에 쪼그리고 앉아서 구토를 하고 있었다. 가서 등이라도 두드려 줄까 했지만 어쩐지 아는 척하지 않는 게 나을 것 같았다. 친구보다 자존심이 중요할 때도 있는 법이었다.

편의점 알바를 하다 보면 의도치 않게 아는 얼굴을 만날 때가 있었다. 그다지 친하지 않았던 초등학교 친구를 보기도 했고, 예전에 옆의 옆집에 살던 남자아이를 보기도 했다. 어딘가 모르게 변한 얼굴들을 보면서 다들 어떻게 살아가고 있는지 궁금할 때가 있었다. 야간 알바를 맡은 대학생 오빠에게 인사하고 편의점을 나오면서도 선미 선배의 모습이 머릿속에서 떠나지 않았다. 선미 선배는 어떤 시간을 보내온 걸까.

*

내 앞자리에 앉은 아이들의 이름은 은지와 혜정이었다. 내가 소녀A, 그러니까 아름 선배와 아는 사이라는 걸 알고는 내심 뭔가 얘기해 주길 기대하는 것 같았다. 나의 미지근한 정보력에 실망할 즈음, 인터넷에 사진이 떴다. 나와 아름 선배, 그리고 선미 선배가 찍었던 중학교 때 사진이었다.

사진 속의 아름 선배는 내가 기억하는 모습 그대로였다. 얼굴이 부풀어 오른 빵처럼 동그랗고 이목구비도 밋밋한, 어딘지 곰처럼 느리고 둔해 보이는 인상이었다. 하지만 동그란 눈매와 짙은 쌍꺼풀만큼은 그때나 지금이나 여전했다. 소녀A를 싫어하는 사람들이 성형요괴니 어쩌니 하지만, 나는 지금의 얼굴에서 아름 선배의 예전 모습을 보고는 했다.

은지와 혜정이는 흥분했다.

"야, 대박! 이거 너야?"

"너 진짜 소녀A랑 아는 사이였구나?"

"야 너 뭔가 되게 멋있다. 너 좀 놀았구나?"

며칠을 지켜본 결과 둘은 말이 많고 늘 들떠 있다는 결론을 내렸다. 시끄럽기가 홍희주 급이었다. 남몰래 걔네들한테 비글자매라는 별명을 지어 줬다. 급식을 먹으러 갈 때도 은지와 혜정은 굳이 내 앞자리에 앉아서 수다를 떨었다. 오늘따라 반찬이 부실했다. 그래도 꾸역꾸역 먹었다. 지금 잘 먹어 두지 않으면 저녁 알바할 때 허기가 졌다. 급식을 먹으면서도 아이들의 질문이 끊이지 않았다. 은지는 밥을 먹으면서 휴대폰으로 기사를 확인했다.

"또 하나 떴어. 왕따논란 소녀A, 이번에는 성형 논란."

은지가 댓글을 읽기 시작했다.

"성형요괴 꺼져라. 중딩이 무슨 돈으로 성형수술을? 왕따들한테 삥 뜯었나 봄."

은지가 댓글을 훑더니 "와, 이건 세다!" 하고 외쳤다.

"소녀A, 떨어져 죽어라."

혜정이 말했다. 나는 숟가락을 내려놓았다. 너무 한 거 아냐?

"소녀A 퇴출될까?"

"이 정도면 나가야 하는 거 아냐? 근데 솔직히 성형까진 모르겠고 살을 졸라 빼기는 했네."

둘은 다이어트를 해야 한다는 데 의견을 모았다. 나는 입을 꾹 닫고 밥 먹는 데만 집중하려고 애썼다. 하지만 입맛이 떨어지는 것 같았다. 은지가 그런 나에게 물었다.

"저번에 네가 소녀A가 왕따 가해자 아닐 거라고 했잖아. 네가 아니라고 말하는 근거는 뭐야?"

둘이 집요하게 물어 대서 밥 먹는 데 도무지 집중할 수가 없었다. 나는 밥을 꿀꺽 삼키고는 말했다.

"그냥 아는 거야. 누굴 왕따 시킬 사람이 아니야."

은지와 혜정이 못 믿겠다는 얼굴을 해서 내가 한마디 덧붙였다.

"오히려 힘들어하는 사람 있으면 도와주고 그랬어."

"왕따를 도와줬다는 거야?"

"음, 그러니까, 내가 알고 지내던 앤데, 왕따는 아니고 아웃사이더 같은 거였어."

은지가 물었다.

"어떻게 도와줬는데?"

"음, 같이 있어 줬지."

"그게 다야?"

"응. 그리고 얘기해 줬어. 이런저런 얘기."

"어떤 얘기?"

"걔가 자살 시도를 하려고 하는 걸 아름 선배가 우연히 봤대. 그러니까 사실 걔도 진짜 죽으려던 건 아니고 그냥 그런 거 있잖아. 확 죽어 버릴까, 그런 생각을 할 때가 있잖아. 그 뒤로 그 친구를 계속 쫓아다녔나 봐. 걔 자살 못 하게 하려고."

"원래 친한 사이도 아니었는데?"

"응. 만날 넌 소중한 사람이라느니, 넌 재능이 많아서 나중에 잘 될 거라느니, 이딴 문자 보내고, 반에 찾아와서 편지 주고 가고, 학교 끝나면 집까지 데려다준다고 따라오고 장난 아니었나 봐. 거의 뭐, 스토커 수준이었지."

"좀 짜증 났을 수도 있겠는데?"

"어, 나중에는 지겨울 정도였어. 아, 그러니까 그 친구가 그렇게 얘기하더라고."

"그건 좀 감동적이다. 대체 어떤 게 소녀A 진짜 모습인 거야?"

나는 뭐라고 대답해야 할지 알 수 없었다.

"근데, 세리야. 그래서, 친구는 지금 괜찮아?"

"친구 누구?"

"우울증 있었다는 친구 말이야."

"잘 지낼 거야, 아마도. 확실한 건, 적어도 살아는 있어."

나는 식판에 남은 밥을 입 안에 밀어 넣었다.

그날은 감기 기운이 있는지 평소와 같은 온도로 설정된 에어컨 바람이 춥게 느껴졌다. 컵라면을 먹던 손님이 비명을 지르며 바퀴벌레를 보았다고 했다. 청소를 좀 잘하셔야 할 것 같아요. 손님은 이렇게 말하고는 엎어진 사발면을 그대로 놓고 나갔다. 한가한 시간에 인터넷에 계속 뜨는 아름 선배의 기사와 며칠 전에 본 진선미 선배의 모습이 번갈아 머릿속에 떠올랐다가 사라졌다. 열시 반이 지나자 술에 취한 손님들이 많았다. 몸을 제대로 못 가눌 정도로 취한 직장인이 매대 앞에서 중심을 잃는 바람에 과자가 우수수 바닥으로 떨어졌다. 동료는 "죄송합니다, 죄송합니다" 하고는 부축해서 나갔다. 마감 시간이 되어서야 매대를 정리하고, 입구 밖으로 쓰레기들이 비어져 나오기 시작한 쓰레기통을 정리한 뒤, 계산대 앞으로 돌아가려던 찰나였다. 누군가 강한 힘으로 나를 뒤에서 밀었다. 엎어진 채로 돌아보니 사이코패스가 있었다. 사이코패스는 늘 그렇듯이 상의 안쪽에 손을 넣고 있었다. 그는 상의 안쪽에서 손을 꺼냈다. 그의 손이 옷 밖으로 나온 건 처음이었다. 그의 손에는 식칼이 들려 있었다.

"으아악!"

나도 모르게 소리를 지르며 뒤로 물러났다. 달리 공격할 것도 없어서 눈에 보이는 대로 껌을 집어 던졌다.

"이 쌍년이!"

그동안 그가 나한테 욕을 할 때는 위협적이라기보다는 놀리는 투였고, 나는 그다지 무섭지 않았다. 하지만 그때는 몸을 움직일 수 없을 정도로 겁을 먹었다. 제발 아무나 들어오기를 바랐다. 문 열리는 소리가 들릴 때까지 마치 몇 시간이 지난 것처럼 느껴졌다. 어느 순간 문이 열리는 소리가 들렸다. 편의점 안으로 들어온 건 학원 강사였다. 성추행범은 학원 강사를 보자마자 밀치고 밖으로 나가 버렸다. 편의점 안에는 영문을 모르고 서 있는 학원 강사와 주저앉아서 넋을 잃은 나만 남았다. 그제야 학원 강사는 사태를 파악한 것 같았다.

"괜찮아요?"

학원 강사가 나를 일으켜서 겨우 비틀비틀 일어났다. 짧은 시간에 일어난 일이라서 머릿속으로 정리가 안 되었다. 온몸이 떨리는 걸 멈출 수가 없었다. 학원 강사가 생수를 건넸다.

"집에 데려다줄까요?"

"괜찮아요. 고맙습니다."

"일 끝날 때까지 내가 이 앞에 있을게요."

학원 강사는 편의점 앞 테이블에 앉아 걱정스러운 눈으로 안을 들여다보았다. 야간 알바생이 올 때까지 나는 의자에 앉아서 바들바들 떨었다. 의지와 다르게 다리가 계속 떨렸다. 학원 강사가 다시 집에 데려다주겠다고 했을 때도 나는 거절했다. 승객이 나 하나뿐인 버스에 올라타고 나서야 안전하다는 느낌이 들었다. 혼자가 편했다. 그제야 눈물이 났다.

막상 집 앞에 도착하자 집에 들어가고 싶지 않았다. 편의점에서 캔맥주를 하나 사서 집 앞 놀이터에 갔다. 집 앞 편의점의 알바생은 그리 철저하지 않은지 신분증을 달라는 말도 하지 않았다. 우리집은 지대가 높아서 서울 시내가 잘 보였다. 맥주를 마시면서 멍때리고 있자니 희주 생각이 났다. 누구한테 힘들다는 얘길 하는 건 질색이었다. 그것도 마음의 여유가 있어야 하는 거니까. 게다가 홍희주의 심리테스트에 따르면, 난 자존심이 가장 중요한 사람이니까 말이다. 그래도 지금만큼은 자존심을 접어 두고 희주에게 전화를 했다.

"니가 웬일이냐? 먼저 전화를 다 하고."

"그냥."

잠깐의 침묵 뒤에 희주가 먼저 소리치듯 말했다.

"편의점에서 무슨 일 있었구나. 어디 다친 거 아니지? 괜찮은 거지?"

"눈치 하나는 진짜 빠르네. 목소리만 듣고 어떻게 알아?"

"넌 무슨 일 있어야 나한테 전화하잖아!"

나는 희주한테 편의점에서 있었던 일을 대강 설명했다. 칼 부분만 빼고.

"고세, 진짜 괜찮은 거지?"

"어, 괜찮지 그럼."

"진짜 밤에 하는 알바는 그만두면 안 돼? 위험하잖아."

"세상이 위험한 게 내 탓도 아닌데 내가 피하는 건 억울하잖아."

"하, 진짜."

"알잖아. 나 돈 벌어야 하는 거."

돈, 돈을 벌어야 했다. 돈이 없을 뿐인데 친구가 사라졌다. 돈이 없을 뿐인데 춤도 출 수 없다. 돈이 없다는 건 모든 것을 잃는다는 뜻이었다. 아빠도 술을 마시면서 비슷한 말을 했었다. 돈 있을 때는 들러붙던 놈들이!

아빠가 좁은 거실에서 술을 마시면서 한탄조로 말하면 우린 하나뿐인 방에 모여서 꼼짝없이 그 소리를 들어야만 했다. 우리 집은 너무 작아서 각자의 불행을 숨길 공간이 없었다. 눈물이 날 것 같아서 서둘러 전화를 끊었다. 지금 희주는 슬프고 풀죽은 양 같은 얼굴을 하고 있겠지.


불빛이 많았다. 집에 돌아오는 시간이 늦다 보니 낮보다는 밤

풍경이 익숙해졌다. 하긴, 학원 다니는 애들도 사정은 마찬가지일 것이다. 밤은 오히려 안전한 느낌이 들었다. 자살하는 사람들은 대낮에 죽기보다는 새벽을 선택하지 않을까. 아름 선배의 노래처럼. '나는 떨어져요. 떨어져요.' 언덕 아래를 처다보니 떨어져도 아프지 않을 것 같았다. 이런 가사를 쓴 걸 보면 선배도 자살을 생각해 본 적이 있는 모양이었다.

자살충동을 느꼈던 적이 있었다. 혜정과 은지에게 이야기해 준 우울한 아이는 바로 나였다.

이 년 전 어느 날, 나는 학교 주변 육교의 한가운데에서 차로를 내려다보고 있었다. 트럭이 지나갈 때는 운 좋으면 쓰레기더미 위에 떨어져 목숨을 건질 수도 있겠다 싶었다. 운이 좋으면이라니, 죽고 싶은 사람에게는 어울리지 않는 생각이었다.

그런 생각에 젖어 있는데 누군가 내 이름을 불렀다.

"세리야, 세리야."

소리가 난 곳에 아름 선배가 있었다.

"세리 맞지? 여기서 뭐 해?"

나는 아름 선배를 빤히 바라보았다.

"아, 그냥요."

아름 선배는 내 성의 없는 대답에도 자리를 떠나지 않고 나한테 이런저런 얘기를 했다. 집에 가는 길인데 떡꼬치를 먹을까 고

민 중이라느니, 이렇게 날씨 좋은 날 학원에 갈 수는 없다느니 시
시한 얘기들이었다. 말이 많지 않은 선배였는데 그날은 달랐다.
선배 말투에서 어느 지방인지 모를 사투리가 살짝 남아 있다는
것도 그때 처음 알았다.

어느 순간 더 이상 할 말이 없는지 아름 선배가 입을 다물었다.
그런데도 내 곁을 떠나지 않고 옆에 서 있었다. 내가 무심코 말했다.

"선배, 여기서 떨어지면 죽을까요?"

"아마도 그럴걸?"

"선배, 죽으면 어떻게 될까요? 상상해 본 적 있어요?"

"있지. 여러 번. 그런데 결국은, 살아 있는 게 낫다고 생각했어."

의외로 진지한 대답이 돌아왔다.

친한 선배도 아니었고, 별달리 이야기를 해 본 적도 없었다. 그
런데 왜 선배에게 그런 이야기를 했는지 기억이 안 났다. 친한 친
구인 희주에게도 아니고, 동경하던 선미 선배도 아니고. 그 말이
시작이었다. 아름 선배는 내 주위를 맴돌기 시작했다. '자살을 하
면 안 되는 이유'라는 인터넷 글을 보내기도 하고, 별다른 내용이
없는 편지를 자리에 올려 놓고 갔다. 한번은 강당으로 나를 불러
냈다. 아름 선배는 혼자 춤을 추고 있었다. 정말 웃긴 춤이었다.
사람들이 말한 대로 탈춤 같기도 하고, 막춤 같기도 했다. 나는
웃었지만 선배는 진지했다.

'이 선배 뭐야?'

아무래도 좀 이상한 사람인 것 같다고 생각할 즈음 아름 선배가 말했다.

"한번 해 봐. 춤 테라피라는 거야."

언니는 음악 소리를 높였다. 웃기다면 웃기고 멋지다면 멋진 춤이었다. 마치 일곱 살 아이가 아무렇게나 추는 춤 같기도 하고, 현대 무용가들의 창작무용 같기도 했다. 확실한 건 내가 본 적이 없는 종류의 춤이라는 것이다. 편견 없이 보면, 그다지 이상한 춤은 아니었다.

"그냥 정해진 건 없어. 몸을 움직이고 싶은 대로 움직이는 거야."

"좀 이상한데요?"

"처음에는 그래. 근데, 가끔은 도움이 될 때가 있어."

"어떤 때요?"

"답답할 때나 외로울 때. 그런 감정을 남한테 말할 수 없을 때."

나도 춤을 췄다. 하지만 뻣뻣했다.

그냥 자유롭게 추는 거야. 보는 사람을 의식하지 말고.

나는 결국 추지 못했다. 그래도 아름 선배의 춤을 기억하고 있었다. 너무 이상해서 잊기 힘든 춤이었다.


선배를 마지막으로 본 건 졸업을 할 즈음이었다.

"선배, 졸업 축하해요."

고개를 끄덕이는 선배의 표정이 시무룩했다. 졸업을 하고 나서는 다른 지역으로 이사를 간다고 했다.

"잘 지낼 거지?"

위로 받을 사람은 내가 아니라 선배인 것 같았다.

"선배 저 안 죽어요! 저 오래 살 거예요! 그러니까 연락 그만 하셔도 돼요."

괜찮다는 걸 보여 주려고 웃었다.

"그래, 고마워."

고맙다니. 왜 선배가 고맙다는 건지, 이해할 수 없었다. 연습실에서 나와 집으로 가는 길에 그 말이 계속 생각났다. 고맙다는 말이 머릿속에서 반복되었다.

사실 육교에서 선배를 만난 날, 반가웠다고 말하고 싶었다. 혹시라도 내가 정말 떨어질까 봐 무서워서, 누구라도 아는 얼굴이 나타나 주기를 바라고 있었다고.

밤의 놀이터에는 아무도 없었다. 나는 아름 선배의 노래에 맞춰서 춤을 췄다. 맥주 한 캔에 취한 걸까. 느리고 조용한 곡에 맞춰서 춤을 출 수도 있구나 싶었다. 내가 추던 춤은 아니었다. 그냥 팔과 다리가 움직이는 대로 두었다. 지나가던 사람이 본대도 상관없었다. 좀 보라지 뭐, 하는 심정이었다. 누가 보면 종류도 알 수 없는 막춤으로 보일 것이다. 이런 식으로 추는 춤을 뭐라고 했더라. 그러고 보니 아름 선배가 추던 춤과 비슷했다. 자유 댄스? 춤테라피? 그냥 막춤 아닌가. 어쨌든 기분이 풀리기는 했다. 잘춰야 한다는 생각도 없이 팔과 다리를 움직이는 대로 내버려 두었다. 뱅글뱅글 돌기도 하고, 발레리나 흉내 내듯 양팔로 아치를 만들기도 했다. 양팔을 휘두르니까 몸이 물결이 되어 떠밀려 가는 것 같았다. 내가 물결이 된 것 같기도 했다.

"떨어져요. 떨어져요."

아름 선배의 노래를 흥얼거렸다. 눈물이 났다. 뭔가 허전한 느낌이 들어서 양팔로 내 가슴을 꽉 안았다. 그러자 아픔이 덜해졌다. 아름 선배는 왜 이렇게 슬픈 노래를 썼을까. 떨어져요. 떨어져요.

\*

주말에도 편의점에서 알바를 하는데 희주한테 메시지가 왔다. 또 심리테스트였다.

— 당신은 무척 지쳐서 위로가 필요한 상황입니다. 마법의 상자 안에는 힘이 나게 할 묘약이 들어 있습니다. 상자 안에 든 묘약은 과연 무엇일까요? a 커피, b 맥주, c 초콜릿, d 삼겹살.

나는 답을 보냈다.

— 힘들 땐 술이지.

잠시 뒤, 희주는 심리테스트 결과를 보내는 대신 편의점 문을 밀고 들어왔다. 그러고는 편의점 냉장고에 있는 맥주를 꺼내 계산대에 올려 놓았다.

"이 언니가 너 외로울까 봐 친히 발걸음을 하셨다. 내가 이렇게 인정이 넘쳐. 홍익인간이야 완전."

"너 에버랜드 안 갔어? 공짜티켓 있다며?"

"혼자서 어떻게 가."

"너도 친구 없구나."

"에버랜드는 됐고, 나랑 어디 좀 가자. 타로 혼자 보러 가면 친구 없는 거 같잖아."

나는 고개를 저었다.

"그런 데 돈 안 써."

"내가 쏜다. 여기 요즘 뜨는 데야. 거기 가면 서양 마녀처럼 생긴 언니가 있대. 진짜 마녀라는 소문이 있더라고. 내 친구 하나가 거기 갔는데, 최근에 부모님 이혼한 거랑 남친 생긴 거 다 맞히더래."

학원 강사가 편의점으로 들어온 건 희주가 과자봉지를 하나 뜯었을 때였다. 학원 강사는 코카콜라를 계산대에 올려 놓더니 말했다.

"그날 집에 잘 들어갔어요?"

"네."

"편의점 너무 위험하던데 방범벨이라도 있어야 하는 거 아닌가요?"

나는 대답 대신 계산대 옆 온장고에서 커피를 꺼내 올려 놓았다.

"이건 제가 드리는 거예요. 그날 감사했어요."

"저기요, 춤 좋아하면 우리 학원 올래요?"

"알바 해야 하는데요."

"주말반도 있어요. 생각해 봐요."

"주말에도 알바 해요."

내가 딱 잘라 말하자 강사가 머쓱한 표정을 지었다.

"그럼, 뭐. 알바 열심히 하세요."

과자를 먹으며 이 장면을 지켜보던 희주가 갑자기 끼어들었다.

"얘, 춤 완전 잘 춰요! 지금은 좀 쉬고 있지만 언젠가는 다시 출 거예요."

나는 희주에게 조용하라는 눈짓을 보냈지만 희주는 싱긋 웃으며 과자 부스러기를 탁탁 털어 보였다. 학원 강사는 "커피 고마워요" 하고는 편의점 밖으로 나갔다. 희주의 놀리고 싶은 욕망과 호기심으로 드글거리는 눈빛이 부담스러워서 나는 괜히 잔돈을 가지런히 놓는 척했다.

"이년이 일만 하는 줄 알았더니 할 거 다 하네."

"네가 생각하는 그런 거 아니거든?"

"너 양이 순해 보여도 생각보다 성격 더럽다는 거 알아? 나한테 비밀 만들면 용서 안 한다."

희주의 기세에 같이 타로를 보러 가기로 했다.

좁은 로비에는 다양한 타로 카드가 전시되어 있었다. 통통한 몸에 검은 벨벳 드레스를 입은 여자가 우리를 방으로 안내했다. 방은 더 좁았다. 두 사람이 앉으면 꽉 끼는, 협소한 공간이었다.

"비주얼 죽인다."

희주가 속삭였다. 수정구슬을 보면서 조심스럽게 손가락 끝으로 톡톡, 만졌다.

"이거 뭔가 진실을 다 털어놓게 생기지 않았냐? 집에 하나 들여놓을까 봐."

여자가 로비와 방을 나누는 커튼을 치자 순식간에 고요해졌다. 마치 다른 세상에 온 것처럼, 이 방만 존재하는 것처럼 느껴졌다.

"저는 나나예요. 두 분은 뭐라고 부를까요? 닉네임 같은 거요."

희주는 나를 고세라고 소개하고, 자신은 홍익인간이라고 했다.

"홍익인간 님은 무엇이 궁금한가요?"

"음, 저희 가족이요, 언제쯤 다시 모여 살게 될까요?"

희주의 질문에 놀랐다. 같이 살고 싶었나? 희주는 늘 이모와 사는 게 괜찮다고 말해왔다. 동생의 얼굴은 기억도 안 나고 딱히 궁금하지도 않다고, 지금이 좋다고 했었다. 나는 이 아이에 대해서 얼마나 알고 있는 걸까?

희주가 고른 카드에서는 칼이 많이 나왔다. 어떤 카드는 하트 모양의 심장에 칼이 세 개 꽂혀 있었다. 다른 카드는 더욱 심했다. 엎드린 채 쓰러져 있는 남자의 등에 빼곡하게 칼이 꽂혀 있었다. 세어 보니 자그마치 열 개였다. 아무리 좋게 보려고 해도 절망적인 카드였다. 희주의 얼굴에서 핏기가 사라졌다. 나나가 또 다른 카드를 짚었다.

"이 카드, 어떤 느낌이에요?"

"끔찍해요. 이 사람, 죽은 것 같아요."

"다시는 일어날 수 없을 것 같나요? 하지만 아주 절망적인 상황이라도 희망은 있는 법이에요. 여기 해가 뜨는 거 보이죠?"

처음에는 등에 꽂힌 칼로만 눈길이 갔다. 그런데 다시 보니 멀리 보이는 지평선에서 해가 떠오르고 있었다.

그래도 희주의 기분은 회복되지 않았다. 입꼬리와 눈꼬리가 처져서 우울한 양이 되었다.

희주가 울고 있었다. 소리 없이 눈물만 흘리고 있었다. 콧물이 나는지 연신 훌쩍거렸다.

눈물을 닦아 주고 싶었지만, 섣불리 아는 척할 수도 없었다. 누군가를 위로한다는 게 어색했다. 내가 누구를 위로한 적이 있었나? 나나가 티슈를 뽑아서 내밀었다.

"홍익인간 님, 비록 그 결과가 다시 한 가족이 되는 게 아니라

고 해도, 그게 꼭 불행을 의미하지는 않아요. 때로는 떨어져 있는
게 더 나을 수도 있지요."

희주가 고개를 끄덕였다.

"고세 님도 질문하실 건가요?"

서양 마녀가 나를 보고 물었다.

"얘도 할 거예요!"

희주가 방금 울었던 애 같지 않게 냉큼 대답했다.

"제가 뭘 좀 하려고 하는데요, 그게 잘 될지…… 그러니까 괜
히 쪽팔릴 일 하는 거 아닌지. 이렇게 물어봐도 되는 건가?"

"하시려는 게 뭔데요? 질문이 구체적이어야 답도 정확하게 들
을 수 있어요."

"그러니까 제가, 유튜브에 뭘 좀 올려 보려고 하거든요. 춤추는
동영상 같은 거요. 괜히 했다가 아무도 안 볼까 봐요."

나는 수정구슬에 대고 선서를 하고, 타로 카드를 뽑았다. 카드
를 뒤집은 나나가 말했다.

"운이 좋네요. 도와 주는 사람들이 있어요."

카드 하나를 짚었다. 마법사 카드였다.

"마법사는 불가능해 보이는 걸 가능하게 하는 존재예요. 지금
고세 님에게 닥친 일이 의외의 방법으로 실현될 수도 있겠어요."

여자는 또 다른 카드 하나를 들어 보였다. 힘(Strength) 카드였
다. 흰 원피스를 입은 여자가 사자를 쓰다듬고 있었다.

"힘 카드의 주인공은 힘을 과시하지 않아요. 누군가를 위협하거나 겁주지도 않아요. 하지만 사자도 여인 앞에서는 귀여운 강아지가 되고 말지요."

카드 속의 여자는 마치 귀여운 강아지를 대하듯 평온한 얼굴이었다.

"이게 진짜 힘이에요. 온화한 얼굴로 사자를 얌전하게 만들 수 있는 힘. 고세 님이 지금 하려는 일에 도전한다면 힘을 얻게 될 거예요. 그런데 그전에 고세 님도 해야 할 일이 있어요."

"그게 뭔데요?"

"도움을 구하는 거죠."

카드를 짚었다.

"물에 빠진 사람이 도와달라고 소리 지르지 않으면, 어떻게 구명정을 던져 줄 수 있겠어요? 지금 고세 님이 가지고 있는 문제를 해결하려면 고세 님이 먼저 도와달라고 말해야 해요."

〈The Taro〉에서 나온 홍희주와 나는 같이 집 앞의 놀이터에 갔다. 홍희주는 괜찮다는데도 굳이 나를 데려다주겠다고 했다. 편의점에서 가져온 유통기한이 얼마 남지 않은 음식을 놓고 시원한 맥주를 사서 마셨다. 고양이가 수풀에서 애앵, 하고 울자 홍희주가 과자를 들고 신나서 뛰어갔다. 고양이들은 기겁을 하며 도망가 버렸다.

"그렇게 들이대면 안 돼."

나는 과자를 풀숲 아래 놓고 벤치로 돌아왔다. 한참 뒤에 고양이가 슬금슬금 와서 과자를 낚아챘다. 홍희주가 요란하게 좋아하자 고양이는 또 놀라서 가버렸다. 풀죽은 홍희주가 내 옆자리에 앉으며 말했다.

"꼭 고세 너 같네."

"뭐가?"

"막 들이대면 모른 척하는 거."

"결과적으로 나 같은 개과 인간이 손해 보는 거지 뭐. 나 같은 개과 인간은 좋으면 막 들이대야 직성이 풀리는데."

희주가 탓하는 목소리로 말했다.

"야, 고세! 너 그렇게 장대한 계획이 있으면 이 언니한테 상의를 했어야지."

"그냥 생각만 해본 거야."

"언제 할 건데?"

"몰라. 동영상 찍을 공간도 없는데 뭐. 너야말로, 왜 그런 얘기는 안 했어? 다시 모여서 살았으면 좋겠어?"

"남자친구 언제 생기냐고 물어보려고 했는데, 엉뚱한 질문을 해 버렸네?"

희주는 갑자기 스트레칭 하듯이 어깨를 요란스럽게 돌려 댔다.

"나 엄마랑 이모랑 사는 거 괜찮아. 그냥 가끔 상상해 볼 뿐이야. 다시 뭉쳐서 살면 어떨까 하고. 나 요새 남동생이랑 가끔 연락해. 한 번 얼굴도 봤어."

"진짜?"

"어렸을 때 엄청 귀여웠는데. 못 알아보겠더라고."

희주의 고민은 한 번도 물어본 적이 없다는 걸 새삼 깨달았다. 희주의 어깨를 감싸 안고 싶었다. 하지만 위로하는 데도 용기가 필요했다.

"그니까 인상 좀 펴고 살아! 고세, 너만 힘든 거 아니거든?"

나는 홍희주를 향해 최선을 다해 웃어 보였다. 고양이들이 어느새 다시 와서 어슬렁거리고 있었다.

*

나는 대니에게 부탁해 보기로 했다. 어느 날 알바가 끝나고 댄스 학원으로 대니를 찾아갔다. 대니는 혼자 남아 뒷정리를 하고 있었다.

"어, 편의점 친구네? 지금 상담하려고? 문 닫으려고 했는데."

순간 그냥 돌아갈까 싶었지만 대니의 뒤로 보이는 연습실의 넓은 공간을 보고 마음을 바꾸었다.

"저, 뭐 좀 부탁드리려고요. 전 학원 다닐 돈도 시간도 없어요. 그냥 여기 복도만 삼십 분 빌릴 수 없을까요? 사용료는 낼게요."

목소리가 작아졌다. 진땀이 났다.

"고맙다는 말 하러 온 줄 알았는데. 근데 복도는 왜?"

"영상을 찍고 싶은데, 장소가 없어서요."

의외의 부탁이었는지 생각하는 눈치였다.

"이왕 빌려줄 거면 연습실을 빌려줘야지. 따라 와."

대니는 연습실로 나를 데려가더니 검은색 테이프로 상호명을 가렸다. "나도 밥줄 끊기면 안 되니까" 하고는 눈을 찡긋해 보였다.

"미룰 것 없이 지금 한 번 해봐."

"지금요?"

"촬영은? 내가 해 줘? 음악은 뭐로 할 건데?"

그런 것도 미리 생각해 본 적이 없었다. 혼자서 할 생각이었는데, 누군가의 앞에서 춤을 추려니까 부끄러워서 없던 일로 하고 싶어졌다. 하지만 힘들게 얻은 기회를 포기할 수는 없었다.

"근데 여기 CCTV 있어요?"

"왜? CCTV에 잡힐까 봐 걱정하는 거야?"

"아니요. CCTV라도 있어야지 내가 강사님을 어떻게 믿어요?"

대니가 기가 막히다는 듯이 웃었다. 곡명을 말해 주자 자기 휴대폰과 음향기기를 연결했다.

"준비해. 바로 들어가도 괜찮지?"

"이렇게 갑자기요?"

"준비한다고 뭐가 달라져? 그냥 지금 해. 음악 튼다."

"저, 저기요! 화장도 안 했는데."

내 말에 강사는 피식 웃었다.

"저, 웃지 마세요."

대니는 안 웃을 테니까 편하게 추라고 했다.

정말 부끄러웠다. 예전에는 더 많은 사람들 앞에서도 춤을 췄었다. 그래도 아이들 앞에서 추는 것과 한때 아이돌 가수였던 댄스 강사 앞에서 추는 건 달랐다. 몸이 오그라들었다. 하지만 음악이 나오자 그런 기분은 금세 사그라들었다. 어쨌든 춤은 나에게는 유일하게 자신 있는 일이었다. 춤출 때만큼은 아무 생각도 안할 수 있었다. 그게 내가 춤을 좋아하는 이유이기도 했다.

가장 익숙한 춤을 췄다. 머릿속에서 만들고 몰래몰래 춰 본 곡, 내가 처음으로 창작한 춤. 다 추고 나서 대니의 얼굴을 보자, 의외로 진지한 표정이었다.

"어때요?"

"뭐, 그런대로."

예상보다 뜨뜻미지근한 반응이었다.

"원래는 더 잘 춰요. 떨려서 그래요."

"C라는 댄서 알아? 느낌이 좀 비슷한데."

칭찬인지는 모르겠지만, 내가 좋아하는 이름이 나왔으니까 용서하기로 했다.

"어쨌든 좋아. 처음에는 누군가를 모방하는 것도 필요하지. 다

들어지지는 않았지만. 혼자서 연습했다는 걸 감안하면 잘 춰. 조금만 더 제대로 배우면 좋을 텐데……."

자기도 춤은 별로인 주제에 날 평가하는 게 웃겼다. 내 생각을 읽은 듯 대니는 "왕년의 아이돌을 무시하지 마" 하고 말했다.

벤치에서 맥주를 한 캔씩 마셨다. 대니는 자기한테는 담배도 안 팔면서 미성년자가 술을 마신다고 구시렁거렸다. 그러면서도 내가 사 온 차가운 맥주가 반가운 모양이었다. 대니는 앞으로도 종종 연습실을 빌려주겠다고 했다. 유일한 조건은 영상을 무조건 유튜브에 올리는 것이었다.

"춤은 언제부터 춘 거야?"

"초등학교 때부터요. 동아리도 들었었는데, 아 저 소녀A랑 같은 댄스 동아리였어요."

술기운에 들뜬 나는 인터넷에 뜬 소녀A의 사진을 검색해서 보여 주었다. 나와 아름 선배, 진선미 선배가 같이 찍은 사진이었다.

"너 진선미도 알아?"

"선배 어떻게 알아요?"

"같은 소속사에 있었어."

"선미 선배는 완전 우리 우상이었어요. 너무 예쁘고."

"예쁘지."

"사실, 얼마 전에 본 적이 있어요. 우리 편의점에 왔었거든요.

인사도 못했지만요."

"왜?"

나는 먹으면서 운 얘기, 토하고 달려간 얘기를 해 주었다. 대니의 얼굴이 어두워졌다.

"선배도 무슨 사연이 있겠죠. 편의점에서 일하다 보면요, 참 다양한 사람을 봐요. 삼 분 만에 도시락을 입 안에 부어 넣고 가는 회사원도 있고, 술 취해서 허공에 화풀이하는 사람도 있어요. 어떤 노숙자는 매일 십오 분 동안 서성이다가 나가고는 해요. 그리고 가끔, 뭔가를 먹으면서 우는 사람들이 있어요."

"아이돌 출신 댄스 강사도 있지."

나는 고개를 끄덕이며 웃었다.

"근데 왜 이렇게 해 주시는 거예요?"

"워워, 내가 너 짝사랑한다거나 그런 오해 하면 곤란해. 이래 봬도 난 좋아하는 여자도 있다고. 그냥, 예전에 내가 돈도 없고, 용기도 없을 때 나도 친구한테 도움을 받았거든. 그때 받은 걸 갚는거야."

"친구한테 갚아야지 왜 나한테 갚아요? 뭐, 나야 좋지만."

"그 친구가 하늘나라로 갔거든. 우리 같은 그룹이 될 뻔했는데 마지막에 제외됐어. 내가 데뷔 확정하고 좋아할 때 그 친구는 외로운 시간을 보내고 있었던 거야. 아, 나 이런 얘기 잘 안 하는데 취했나 보다."

"마음 아픈 얘기네요."

뜻밖의 무거운 고백에 우린 잠시 침묵했다. 대니가 슬퍼 보여서 나는 말을 돌렸다.

"그런데 연예인은 왜 그만둔 거예요?"

"그만둔 게 아냐. 사그라든 거지. 근데 난 연예인이 안 맞았던 거 같아. 지금이 더 행복해. 우리 동네 말로 나같은 애들 '천지 삐까리'만큼 많고, 뭐 미련도 없어."

"오빠 외국에서 살다 온 거 아니었어요?"

"나 외국 가 본 적 없는데. 부산에서 쭉 살았는데."

"근데 왜 이름이 대니예요?"

"큰 대자에 무성할 니. 한자야."

고마운 마음이 사그라들 정도의 썰렁한 농담에 내가 정색을 하자, 자기의 본명이 부동칠이라고 고백했다.

"우왓 부동칠!"

난 맥주를 뿜었다. 그리고 실컷 웃었다. 웃고 나서, 대니에게 고맙다고 말했다.

"고마우면 다른 사람한테 네가 또 갚아."

대니의 담담한 대답에 몇몇 얼굴이 떠올랐다. 첫 번째는 희주, 그다음은 아름 선배였다. 문득, 내가 아름 선배를 위해서 할 수 있는 일이 생각났다. 그 일을 해야겠다고 결심했다.

**네 번째 이야기: 김아름**

**ID: 소녀A**

---

## 소녀A, 과연 결승무대 설 것인가

<넥스트아이돌스타> 김수호 피디가 '소녀A는 무대로 돌아올 것'이라고 한 인터뷰에서 말했다. 소녀A는 최근 일부 스케줄에 참석하지 않아 하차설에 휩싸인 상황이다. 소녀A가 왕따 가해자라는 증언이 인터넷에 올라온 뒤, 과거 사진이 공개되어 성형설까지 나오고 있는 상황이다. 제작진은 '아직 확실한 것은 없다'며 소녀A에게 복귀를 설득하고 있다고 전했다.

한편 마지막 무대만 남기고 있는 <넥아타>는 이 주 뒤 토요일 라이브로 최종 승자가 가려질 예정이다.

                                                              - JS스타뉴스

"어떻게 된 거야?"

김 피디의 목소리에는 피곤한 기운이 묻어났다. 며칠 전 인터넷에 올라온 글에 대해서 말하고 있었다. 유진이가 올린 글이었다.

"……."

"그 글, 진짜야?"

"……."

"네가 사실을 말해 줘야 해. 그래야 제작진 차원에서도 대응을 할 수 있어."

"……."

"아름아, 내 말 듣고 있니?"

피디는 나의 묵묵부답에 결국 짜증을 냈다. 뭐라고 말해야 할지 생각이 나지 않았다.

"……죄송해요."

겨우 입을 뗐다.

"지금 시점이 좋지 않아. 하필이면 왜 이때……."

하차하겠다는 말이 목구멍까지 차 올랐다.

"사실이 아니라고 하자. 일단 제작진이 확인한 결과 사실이 아니라고 글 올릴게. 반대 입장을 올려 줄 친구가 있으면 좋겠는데, 혹시 없을까? 정 없으면 우리가 한 명 찾아볼 수도 있어."

친구라는 단어가 나오자 다시 말이 나오지 않았다. 과연 나를 위해 해명해 줄 친구가 있을까.

안 그래도 알렉스의 하차로 제작진들이 예민해져 있었다. 차라리 TOP20 때 글이 올라왔다면 일이 훨씬 간단했을 것이다. 문제가 된 출연자는 '일신상의 이유'로 하차하면 된다. 하지만 남은 네 명에게 모든 관심이 쏠린 상황이었다. 나도 그중 하나라는 사실이 못 견디게 무거웠다. 나는 자신 없는 목소리로 말했다.

"저, 그냥 하, 하……."

피디가 내 말을 가로챘다.

"너 그만둔다는 소리 하지 마. 지금 상황 모르겠니? TOP5에서 또 한 명이 빠지면 우린 망하는 거야. 그냥 네가 나가는 걸로 끝나는 게 아니고 프로그램이 통째로 망하는 거라고."

"죄, 죄, 죄송해요."

"내일 촬영장에서 보자."

김 피디는 대답은 듣지 않고 전화를 끊었다.


이틀째 실시간 검색어에 '소녀A 왕따' '소녀A 성형' '소녀A 거짓말'이 떠 있었다. 유진이의 글에 이어 과거 사진들까지 올라오면서 〈넥아타〉 공식홈페이지 게시판은 온통 내 얘기로 가득했다. 진실을 요구하는 글과 나와 제작진을 비난하는 글이 대부분이었다.

- 제작진은 이런 애들 안 걸러 내고 뭐 하냐.
- 이번 시즌은 망했네.
- 왕따 가해자였던 주제에 피해자 코스프레를 하냐?
- 왕따에 대해서 잘 아는 건 확실하네. ㅋ 가해자였으니까. ㅋㅋ
- 왕따의 마음을 잘 안다고 생각했는데 실망이다. 이제 〈떨어

져요〉 들으면 소름 끼칠 듯.

- 말더듬도 연기 아냐? 가식의 끝판왕.

김 피디와 통화가 끝나자마자 지니 언니한테서 전화가 왔다. 〈넥아타〉의 고참 구성작가인 지니 언니는 제작진 중에서 내가 가장 마음을 터놓고 지내는 사람이었다. 지니 언니는 '사고전담반'이라는 별명이 있었는데 특유의 다정다감한 성격 때문에 참가자들이 언니를 찾기 때문이었다. 오늘의 사고뭉치는 바로 나였다.

"김 피디랑 통화했지? 내가 너무 혼내지 말라고 그랬는데, 말 심하게 했어?"

"벼, 별로 안 혼났어요. 죄, 죄, 죄송해요."

"아름아, 지금 힘들지? TOP5 올라온 것도 부담스러운데, 이런 일도 생기고, 다 그만두고 싶을 거야."

"언니, 저 하차해야 할 것 같아요."

"일단 어떻게 된 건지 설명을 해 줘. 넌 알렉스의 경우와는 달라. 확실한 증거가 있는 것도 아니고, 다른 증언이 같이 올라온 것도 아니야. 네가 솔직하게 말해야 제작진 차원에서 대응할 수 있어."

나는 울지 않으려고 애썼다.

"어, 어떻게 얘기해야 할지 모, 모, 모르겠어요."

"생각나는 대로 얘기해도 돼."

"우, 우선 그 애랑 얘기해 봐야 할 것 같아요. 유진이 연락처는 아직 모르시죠?"

"흔적이 없어. 그나마 연락된 중학교 친구도 연락이 안 된다고 하더라고. 번호를 바꾼 건지."

지니 언니가 작게 한숨 쉬는 소리가 들렸다.

"네가 준비가 되면 그때 얘기해 줘. 하지만 시간이 별로 없어. 우리가 정확히 알고 있어야 널 도와줄 수 있어."

지니 언니의 사려 깊은 표정이 떠올랐다. 내가 좋아하는 사람을 실망시키고 있다는 사실에 가슴이 찢어지는 것 같았다.

"아름아, 일단 지금은 한 가지만 명심해. 사람들이 뭐라고 하든지 진짜 네 모습을 지켜야 해. 그들이 보는 건 소녀A가 아니야. 소녀B나 소녀C나 자기가 보고 싶은 것을 봐. 네가 해야 할 일은 소녀A를 잘 지켜 주는 거야."


통화를 하면서 한동안 좋아지던 말더듬이 다시 시작되었다는 걸 깨달았다. 아홉 살 때부터 나를 괴롭혀온 말더듬이었다. 말더듬이 심해지면 사라지고 싶다는 충동이 밀려왔다. 아무도 보지 못하는 투명인간이 된다거나, 아무도 모르는 곳으로 사라지고 싶어졌다.

사람들은 나에게 해명을 요구했다. 제작진도, 네티즌들도 진실을 밝히라고 했다. 나도 그러고 싶었다. 하지만 입이 떨어지지 않았다. 나에게 유진이는 들추고 싶지 않은 기억이었다. 그 시절의 유진이와 나 사이에 있었던 일은 대체 뭐였을까.

유진이를 만난 건 오학년 때였고 다섯 번째로 다닌 초등학교에서였다. 나는 전근이 잦은 아빠 때문에 전학을 많이 다녔다. 군인 부모를 둔 아이에게는 피할 수 없는 일이었다. 자주 전학을 가도 잘 적응하는 아이도 있었다. 일주일 만에 반 아이들과 모두 친구가 되고 전학을 갈 때마다 선물과 편지를 한 아름씩 받는 아이들 말이다.

나는 그러지 못했다. 처음 전학 간 학교에서 사투리를 감추려고 애쓰다가 말더듬이 생겼다. 내가 지나가면 아이들이 자기 나름의 방식으로 말더듬 흉내를 내는 소리가 배경음처럼 들렸다. 누구는 떠, 떠떠떠, 했고 누구는 어버버버, 했다. 내가 교과서를 읽거나 발표를 할 때마다 아이들은 온몸으로 웃을 준비를 했다. 세 번째 학교에서도 사정은 다르지 않았다. 엄마는 말더듬을 고치기 위해 교습소로 상담실로 부지런히 날 데리고 다녔지만 노력만큼 효과가 나지 않았다.

네 번째 학교로 전학 올 즈음 나는 왕따보다 스따가 낫다는 걸 깨달았다. 그 사이에 나도 자라 고학년이 되었다. 슬슬 사춘기를 맞기 시작한 아이들의 세상은 훨씬 복잡해졌고, 나 같은 아이 하나쯤은 눈감아 주기를 기대했다. 나는 스스로를 투명인간처럼 보이지 않게 행동하는 데 모든 에너지를 쏟기로 했다. 말을 거의 하지 않았고, 아이들과 적극적으로 어울리지도 않았다. 누가 말을 걸까 봐 이어폰을 끼고 있거나 사람이 없는 복도를 볼 일이 있는 것처럼 돌아다니고, 일부러 이어폰을 잔뜩 꼰 다음에 그걸 풀려고 애쓰는 식으로 시간을 보냈다. 아이러니지만, 유일한 희망은 또 다른 전학이었다. 하루하루를 버티다 보면 다시 전학을 가게 될 거라고 기대했다.

내가 이 학교, 저 학교로 옮겨 다니는 동안 나를 선명하게 기억하는 아이는 거의 없었다. 나는 말 없는 전학생이었다가, 말 더듬는 애였다가, 왕따나 부적응아였다가, 그 이상의 기억을 남기지 못한 채 사라진 아이였다.

내가 이상하게 굴어도 관심을 갖고 다가와 주는 애들이 가끔 있었다. 유진이도 그중 한 애였다. 자기 집에 놀러 가자고 몇 번이나 말했고, 자신의 비밀을 아낌없이 털어놓았다. 결국 나는 유진이에게 내가 좋아하는 노래를 알려 주었고, 그 애의 집에 따라가서 오렌지 주스와 도넛을 먹었다.

유진이는 나에겐 특별한 아이였다. 나에게 관심을 갖는 애들 대부분은 몇 번의 시도 끝에 멀어지는데 유진이는 그렇지 않았다. 나에게 끊임없이 질문을 쏟아냈고, 쉬는 시간까지 나를 따라다니며 무슨 노래를 듣는지 알아내고는 했다. 내가 말 더듬는 걸 알아챘을 때도 당황하는 표정을 감추지 못했지만, 이내 밝게 웃으면서 모른 척했다.

나는 유진이가 외로운 아이라는 걸 알았다. 유진이가 친구들 사이에서 고립되어 있다는 것, 서지희와 다시 친해지고 싶어 한다는 것도 알아차렸다. 나와 둘이 있을 때 유진이는 늘 서지희에 대한 이야기를 했다. 둘이 어렸을 때부터 친했다는 것과 지금 싸워서 서로 토라져 있다는 것. 그냥 친한 친구 사이의 사소한 다툼처럼 포장한 이야기들을 나는 듣고만 있었다. 그 애는 나와 이야기를 하다가도 서지희가 말하는 소리가 들리면 대화를 멈췄다. 그 애는 언제나 서지희를 신경 쓰고 있었다.

서지희와의 관계를 알았다고 해도 우리가 달라지는 건 없었다. 유진이네 집에 놀러 가거나 이어폰을 나눠 꽂고 노래를 들을 때, 오랜만에 친구가 생겼다는 기쁨이 차올랐다. 유진이는 나에게 갑자기 주어진 선물 같았다. 처음에는 당황스러움을 감추지 못했지만, 시간이 지날수록 기쁜 마음으로 그 선물을 받아들였다. 어느 날 집에 가는 나를 서지희가 불러 세우기 전까지는 그랬다.


서지희를 떠올리면 햄스터가 먼저 떠올랐다. 서지희가 불쑥 자기 집에 가자고 했던 어느 날, 그 아이의 집에서 보았던 케이지 안의 햄스터들이 떠올랐다.

"귀엽지? 근데 엄마가 새끼를 너무 많이 낳는다고 싫어해."

나는 쉴 새 없이 움직이는 작은 햄스터들을 바라보았다.

"저번에도 새끼를 다섯 마리나 낳았어. 다 기를 수가 없어서 세 마리를 버리고 두 마리만 키웠어."

"버, 버, 버렸다고?"

"햄스터는 자기가 낳은 새들을 먹어 버린대. 그래서 밥을 많이 줘야 해. 그러면 사료가 많이 들잖아. 그래서 버린 거야."

"어, 어디에 버렸는데?"

"몰라. 쓰레기장에 버렸겠지 뭐."

서지희는 햄스터들이 케이지 안을 분주하게 돌아다니면서 노는 모습을 사랑스럽다는 듯이 보았다.

"너 전학 왜 온 거야? 혹시 왕따 같은 거 당했어?"

서지희는 거침이 없었다. 나는 아빠의 일 때문이라고 말하려고 했지만 말더듬이 나올 것 같아서 대답하지 않았다. 내가 아빠의 일 때문이라고 말해도 서지희는 어차피 마음대로 판단할 터였다.

"근데 너, 조심해. 구유진이랑 놀면 둘 다 찐따로 볼걸?"

나는 여왕벌 같은 서지희의 초대가 무엇 때문인지 알고 있었다. 그 아이 역시 애초부터 나에게 관심이 없었다. 구유진을 혼자로 만드는 것이 그 애의 목적이었다. 그래서 서지희가 "너 유진이랑 친하지?" 하고 물었을 때도 대답을 하지 않고 머뭇거렸다.

헤어질 때 즈음 서지희는 단도진입적으로 말했다.

"너가 놀고 싶으면 내 친구들이랑 같이 놀게 해 줄게."

그건 질문이 아니라 일종의 경고처럼 느껴졌다.

서지희는 나에게 '증명'을 원했다. 그래서 유진이가 한 숙제를, 아끼는 펜을 서지희에게 가져다 주었다. 유진이와 말을 안 하기로 결심한 이후, 그 애가 어떤 표정을 지었는지는 흐릿했다. 나는 그 뒤로 유진이의 얼굴을 똑바로 쳐다보지 않았고, 마치 그 애가 존재하지 않는 것처럼 행동했다. 유진이가 나에게 말을 걸면 못 들은 척했다. 마지막이길 바라면서 매번 서지희가 가져오라고 한 유진이의 물건들을 감췄다. 그때마다 나는 아무런 이유 없이 버려지기로 선택된 햄스터들에 대해서 생각했다. 그때의 내 모습을 떠올리자 수치심이 몰려왔다. 나는 유진이에게 미움받고 싶지 않았다. 동시에 서지희가 두려웠다.

나는 버티기로 했다. 버티는 거라면 훈련이 되었으니까. 버티다 보면 또 새로운 학교로 갈 것이고, 나는 익명의 소녀A로 남을 것이다. 그리고 초등학교를 졸업할 즈음 다른 학교로 갔다. 모두가 나를 잊었을 거라고 생각했다. 서지희도, 구유진도 나라는 아이를 기억 못 할 줄 알았다.

하지만 유진이는 나를 기억했다. 유진이가 올린 글을 읽고 또 읽으면서 깨달았다. 유진이의 말은 거짓이 아니었다. 유진이는 상처를 받았고, 그 상처는 내가 준 것이었다. 나에게는 늘 내 상처가 중요했다. 거기서 벗어나는 방법을 찾는 데 많은 시간이 걸렸다. 하지만 내가 상처를 줬다는 사실은 너무 쉽게 잊고 있었다.

이제야 진실이 보였다.

나는 왕따 피해자였다. 그리고, 가해자이기도 했다.

밤을 새우고 새벽이 되었을 즈음 나는 모든 게 끝났다는 걸 깨달았다. 나는 김 감독과 지니 언니에게 문자를 보냈다.
— 정말 죄송합니다. 저 하차하겠습니다.
아주 잠시지만 마음이 가벼워졌다. 그만두면 되는 것이다. 하지만 잠시 뒤, 가벼운 마음은 두려움으로 얼굴을 바꾸었다. 글을 쓰면서 이 자리에 올라오기까지의 경험들이 떠올랐다. 밤 새워서 곡을 만들려고 애를 쓰다가 새벽에 문득 멜로디가 떠올라 거실에서 혼자 춤을 춘 기억, 팀 배틀로 댄스곡 춤 연습을 하다가 발목을 접질렸던 기억(결국 나만 의자에 앉아서 추는 것으로 바뀌었다), 처음으로 평가에서 일등을 한 날이 스쳐 갔다. TOP5에 올랐다는 사실을 알았을 때는 몸무게가 사라진 것 같은 느낌에 들고 있던 기타를 꽉 부여잡았다. 얼마 전 팬미팅에서 본 수많은 관객들의 환호성, 노래를 부를 때 나를 바라봐 주던 눈빛들, 그때 〈넥아타〉에 도전하길 잘했다고 생각했다. 불과 며칠 전의 일이었다.
　모든 순간이 기적 같았다. 이제 기억들이 악몽이 되고 있었다. 나는 나를 믿어 준 모든 사람을 실망시켰다. 그리고 내가 만든 노래들은 모두의 기억에서 사이코패스가 부른 노래로 기억될 것이다. 그 노래는 나의 전부였다. 나는 텅 빈 자취방에서 혼자 울었다. 집에 가고 싶었지만 서울에 있는 사람들 중 생각나는 얼굴은 하나밖에 없었다. 나는 은희 언니한테 전화를 걸었다.

"언니, 나를 여기서 좀 꺼내 줘."

*

언니의 하늘색 소형차를 타고 언니 집으로 갔다. 내가 〈넥아타〉에 도전하기 전에는 그걸 타고 지방에 사는 우리집까지 날 보러 오고는 했다. 언니가 카모마일 티를 건네며 긴장을 좀 풀라고 했다. 언니는 위로가 필요해 보이는 사람에게는 항상 차를 건넸다. 그때마다 이걸 마시면 잠을 푹 잘 거라느니, 걱정이 사라질 거라느니 하는 말을 덧붙였다. 언니는 그 말들이 효과를 가져온다고 믿었다.

"아름아, 괜찮은 거야?"

내가 대답을 안 하자 언니는 내 눈치를 살폈다.

"오늘 스케줄 없어?"

"어, 언니, 나 〈넥아타〉 그만두려고."

담담하게 말하려고 노력했지만 말 끝이 떨려 나왔다.

"그 글 때문에 그래?"

언니는 잠깐의 침묵 뒤에 말했다.

"그만둘 때 그만두더라도 일단 쉬어. 아무 생각도 하지 말고."

애써 밝게 말했지만 걱정이 묻어났다. 언니는 커튼을 쳐서 방을 어둡게 만들고 향초를 피웠다. 나에게 일 분 안에 불안감을 잠재운다는 호흡법을 알려주고 타로 샵으로 내려갔다. 일대일 수업 예약이 있다고 했다.

"나머지는 다 취소했으니까 같이 있을 수 있어."

나는 건성으로 고개를 끄덕였다. 언니가 일하는 타로 샵은 바로 아래층, 건물 일층에 있었다. 언니는 타로 마스터였다.

익숙한 공간에 오니까 긴장이 풀렸다. 언니의 집은 내가 힘들때마다 찾는 공간이었다. 두서없이 꽂힌 책들과, 옷장을 채운 벨벳 드레스들, 모든 게 그대로였다. 그중에는 언니와 내가 처음 만났을 무렵의 사진도 있었다. 우리가 말 더듬는 초등학생과 검은옷만 입는 고등학생이던 시절이었다.

언니와 내가 만난 건 오 년 전, 춤 테라피 센터에서였다. 말더듬 때문에 교정센터와 심리상담을 거친 끝에 엄마가 지푸라기라도 잡는 심정으로 보낸 곳이었다. 춤 테라피는 남들에게 자랑할 만한 춤을 배우는 곳이 아니었다. 그곳에서 추는 춤은 기묘했다. 우리는 강사의 지시에 따라서 새처럼 팔을 퍼덕거리기도 하고, 잰걸음으로 여기저기 움직이기도 했다. 양팔로 발레 하듯이 큰 원을 만들기도 했다. 기쁨이나 슬픔을 표현하는 춤을 추었다. 남에게 보여 주기 위한 멋진 춤이 아니었다. 낯선 춤이었다.

처음 봤을 때 언니는 기괴한 모습이었다. 긴 앞머리로 얼굴을 가리고, 한여름인데도 옷을 길고 치렁치렁하게 입었다. 머리끝에서 발끝까지 언니의 몸에서 검은색을 제외한 색깔은 찾을 수가 없었고 무표정하기 그지 없었다.

언니는 나보다 다섯 살 많아서 꽤 어른스럽게 느껴졌지만, 그래도 센터에서 우리 둘만 유일하게 어른이 아니라는 점 때문에 가까워졌다. 둘이서 춤추는 동작이 있으면 언니와 나는 짝이 되고는 했다. 언니와 손을 맞잡고 춤을 추다 보면 언니의 옷소매가 올라갈 때가 있었는데, 언니의 흰 피부 위로 지렁이 같기도 하고 실뱀 같기도 한 상처가 보였다. 언니가 그곳에 온 건 그 상처와 관계가 있을 거란 사실을 직감했다. 언니가 신문에 나올 정도로 가혹한 학교폭력 사건의 희생자라는 건 한참 뒤에야 알았다.

반년 동안 매주 이상한 춤을 추러 다니면서 우리는 친해졌다. 말을 더듬는 초등학생과 긴 옷과 앞머리로 자신을 가린 고등학생은 예상외로 좋은 짝꿍이 되었다.

우리는 이상한 춤을 추면서 조금씩 바뀌어 갔다. 어느새 언니는 나와 있을 때 종종 머리를 포니테일로 묶었고, 나는 수다쟁이가 되었다. 언니와 함께 있으면 나는 말을 더듬는다는 사실을 곧잘 까먹었다. 언니는 말을 더듬는 게 별일 아니라고 느끼게 했는데, 알고 보니 언니는 정말로 말 더듬는 것쯤은 신경도 안 쓰는 사람이었다. 언니는 나의 다른 부분에 관심이 있었다. 내가 흥얼거리는 노래가 좋다며 까먹지 않게 녹음을 해야 한다고 주장했고, 내 음색이 특별하다며 뮤지션이 되어야 한다고 부추겼다. 그때 나는 멜로디가 불쑥불쑥 떠올랐고, 그 멜로디를 놓칠까 봐 언니 말대로 허밍으로 휴대폰에 녹음하곤 했다. 기타와 작곡을 배운 건 그 멜로디를 노래로 만들고 싶어서였다. 〈떨어져요〉도 그렇게 탄생한 곡이었다. 노래를 만들면 조금씩 가벼워졌다. 예전의 기억이 떠올라 기분이 가라앉기도 하고 나 자신이 가여워서 한참을 우는 날도 있었지만 어쨌든 노래를 하나 만들면 가벼워졌다. 마치 내가 느낀 감정을 하나씩 떠나보내는 느낌이 들었다. 내가 오십 곡이 넘는 노래를 만드는 동안 언니는 내 노래를 들어 준 유일한 사람이었다.

나는 언니가 알려 준 호흡법을 건성으로 흉내 내면서 유진에 대해서 생각하다가, 악플을 떠올리다가, 하차에 대해서 생각했다.

원래대로라면 그날은 브이로그를 찍고 있어야 했다. 마지막 라이브를 앞두고 어떤 하루를 보내는지 보여 주기로 한 날이었다. 나는 곡 작업을 하는 모습과, 춤 연습하는 모습을 찍기로 했었다. 단체 미션과 팬 미팅을 빼고는 유일하게 춤을 추는 무대였고, 혼자서 추는 것은 처음이었다. 며칠 전까지 내 머릿속은 온통 곡 마무리 작업과 춤에 대한 생각뿐이었다. 마지막 무대에서 실수할까 봐 걱정하던 그 시간들이 그리웠다.

하차를 하고 난 다음에 일어날 일들을 생각하자 두려움에 온몸이 조여 왔다. 지난 육 개월 동안 가족들보다 더 자주 만난 경쟁자들은 실망할까, 아니면 경쟁자가 줄었다며 기뻐할까. 늘 피로에 찌들어 있는 감독과 작가들은 낙담할 것이다. 그리고 나를 좋아하거나 싫어하는 수많은 사람들, 내 하차 소식을 다룰 기사들과 댓글들. 그 모든 걸 생각하자 돌을 매단 것처럼 몸이 무거워졌다. 내가 도망갈 곳은 한 곳밖에 없었다. 깊은 잠. 나는 불면증 때문에 처방받아 둔 수면제를 삼키고는 잠이 들었다.

*

언니가 나를 흔들어 깨웠다. 잠에서 깨었을 때는 오후 네 시가 넘어가고 있었다. 두통 때문에 일어날 엄두가 나지 않았다. 누운 채로 고개를 돌리자 테이블 위에 꺼진 채로 얌전히 놓여 있는 휴대폰이 눈에 들어왔다. 휴대폰을 켜 보고 싶은 마음을 간신히 눌렀다.

언니가 커튼을 열자 가을볕이 강렬했다. 언니는 손에 든 검은 비닐봉지를 테이블 위에 올려놨다. 뭔가 뜨끈한 분식 냄새가 확 풍겼다.

"배고프지?"

언니는 접이식 테이블을 펴서 떡볶이를 펼쳤다. 윤기가 도는 떡볶이를 봐도 입맛이 전혀 돌지 않았다.

"딱 한 입만 먹어 봐. 놀랄 거야."

언니가 날 억지로 일으켜 앉혔다. 언니가 입 속에 밀어 넣은 떡볶이를 씹고서야 무슨 뜻으로 한 말인지 깨달았다. 우리가 춤 테라피를 다니던 시절, 버스정류장 옆에 있던 떡볶이 가게의 떡볶이 맛과 똑같았다. 오로지 떡볶이와 오뎅만 팔던 그 집의 떡볶이는 설탕을 잔뜩 넣어 매운맛보다 단맛이 압도적으로 강했다. 떡은 놀랄 정도로 쫀득거렸다. 아줌마는 우리가 버스가 오는 쪽을 보면서 허겁지겁 떡볶이를 입 안으로 밀어 넣고 있으면 천천히 먹어라, 천천히, 하면서 오뎅 국물을 퍼주었다. 아줌마가 순대와 핫바까지 메뉴를 늘린 다음에도 우리는 묵묵히 떡볶이와 오뎅 국물만 먹어 댔다. 버스가 한 시간에 두 번 왔는데 아슬아슬하게 놓치면 우리는 떡볶이를 먹으러 갔다. 설탕과 조미료가 어마어마하게 들어간 떡볶이는 우리 입에 잘 맞았고, 나중에는 버스가 당장 올 것 같아도 떡볶이를 먹으러 갔다.

"이 근처에서 파는 건 다 먹어 봤는데, 이게 제일 비슷해."

내가 맥없이 앉아 있자 언니가 코밑까지 떡볶이를 들이댔다. 대충 씹어서 꿀꺽, 삼키려다가 사레가 걸렸다.

"천천히 먹어라, 천천히."

언니가 아줌마가 하던 말투를 흉내 냈다. 웃음이 나왔다. 언니와 있으니까 순간 괜찮은 것 같았다. 문득 언니 뒤에 걸린 액자에 언니가 인도에서 찍은 듯한 사진이 눈에 들어왔다. 내가 불쑥 물었다.

"나도 인도에 가 볼까? 언니 인도에 가니까 좋았어?"

"좋긴 뭐가 좋아. 거리는 쇠똥 천지고. 한번은 비가 왔거든. 쇠똥이 다 씻겨 내려가면서 똥물이 골목마다 넘쳐났어."

"그건 끔찍하다."

"난 샌들을 신고 있었는데 똥물이 내 발목까지 올라왔지."

"그래도 언니는 인도를 좋아했잖아."

"그래. 나름대로 전환이 되었지. 타로도 배우고, 다른 세상이 있다는 걸 알게 되었으니까."

언니는 스무 살이 되자 인도에 가서 일 년간 있었다. 한국에 돌아와서는 타로에 심취하더니 타로 샵을 열었다. '타로 테라피스트'라고 적힌 명함을 자랑스럽게 내밀었다. 그런 직업도 있어? 하고 내가 묻자, 타로를 통해서 사람들을 치유하는 거라고 했다. 언니가 타로 마스터가 되겠다고 했을 때 나는 배가 아플 정도로 웃었다. 그 선택이 너무 언니다워서, 잘 어울려서였다.

타로를 배운 것 말고도 인도에 다녀온 뒤 언니에게는 몇 가지 변화가 있었다. 몸에 있던 상처가 아름다운 무늬가 된 것도 인도에서였다. 언니는 학교폭력으로 생긴 상처와 스스로 만든 상처 위에 그림을 그렸다. 그 뒤로 언니는 긴 옷만 입고 있을 필요가 없었다. 언니가 고집하는 벨벳 드레스와 그 무늬들은 마치 세트처럼 잘 어울렸다.

그리고 자신을 나나라고 부르기 시작했다. 언니가 보내는 모든 엽서의 끝에는 나나라는 이름이 적혀 있었다. 바라나시에서, 자이살메르에서, 마날리에서, 맥그로드간지에서, 언니는 항상 자신이 있는 장소를 마지막에 써 넣은 뒤, 나나, 라고 이름을 적어 넣었다. 나는 그 편지들을 소중하게 간직했다.

"타로 얘기가 나와서 말인데, 나도 타로 좀 봐 주면 안 돼?"

"뭘 물어보고 싶은데?"

"나 〈넥아타〉, 그만두면 후회할까?"

"그건 네 음악의 신한테 물어봐."

나는 짧게 웃었다. 막상 언니는 나에게 타로를 봐 준 적이 한 번도 없었다. 몇 번이나 졸랐지만, 그때마다 이런저런 핑계를 대면서 봐주지 않았다. 혹시 타로 실력이 들통날까 봐 그런 거 아니냐는 내 추궁에 언니는 애매한 미소만 지었다.

"시작하게 한 것도 언니니까, 책임져."

나는 괜히 언니에게 어리광을 부렸다. 〈넥아타〉에 도전해 보라고 한 것은 언니였다. 그전까지 내가 만든 노래를 남들 앞에서 할 생각은 해본 적이 없었다. 언니는 나 몰래 신청서를 냈다. 어이없어하는 나에게 언니는 "너 만날 노래 만들잖아"라고 말하며 어깨를 으쓱해 보였다. "네 노래, 혼자만 듣기 아까워서 그래. 가서 딱

한 번만 노래하고 떨어지고 오면 되지 뭐."하고 대수롭지 않게 말했었다.

그때로 다시 돌아가서 없던 일로 만들고 싶었다. 언니의 타로는 나의 미래를 점치지 못하는 모양이었다. 언니가 차를 건네며 말했다.

"너 정말 그만둘 거야?"

"언니, 이제야 깨달았는데, 인터넷에 올라온 글 다 진짜야. 나 재수없지?"

언니에게 유진이와 있었던 일을 설명했다. 두서없이 생각나는 대로, 정리되지 않은 이야기를 쏟아냈다. 내가 유진이에게 했던 짓을 말할 때는 언니와 눈을 마주치지 못했다. 언니는 내 얘기를 끝까지 들었다. 차를 한 모금 머금었다가 삼키는 소리가 들렸다. 언니가 말했다.

"우리 모두가 가해자와 피해자의 중간 어디쯤에 있어."

"처음에는 너무 억울했어. 나는 상처받은 기억밖에 없는데, 말 더듬고 숫기 없다고 괴롭힘 당한 기억밖에 없는데 내가 가해자라고? 말도 안 된다고 생각했어. 내가 누군가에게 상처를 줬다는 것도 잊고 있었어."

"네 잘못이라고 생각되는 부분이 있으면 사과하면 돼. 하지만 네가 〈넥아타〉를 그만둘 필요는 없어."

"유진이는, 연락이 안 돼. 나한테 사과할 기회조차 없어. 이대로는, 안 될 것 같아."

언니는 작게 한숨을 내쉬었다. 예전과는 다르다고 생각했는데, 다시 예전에 말을 더듬던 어린아이가 되어 버린 기분이었다.

*

멍하니 앉아 있다가 밤이 찾아왔다. 새벽이 찾아와도 나는 잠들지 못했다. 언니가 깨지 않도록 화장실에 가서 휴대폰을 켰다. 메시지를 확인했다. 예상은 했지만, 메시지와 부재중 표시는 확인할 엄두가 나지 않을 만큼 많았다.

가장 연락을 많이 해온 건 피디였다.

– 아직 늦지 않았어. 연락 주기 바란다.

TOP4 중 하나인 엘리 언니는 짜증 난다는 투였다.

– 너 김빠지게 뭐 하는 짓이야? 책임감을 가져.

그리고 TJ 오빠의 위로.

– 나는 너를 믿어. 넌 그럴 애가 아니야. 뭔가 오해가 있었을 거야.

엄마의 메시지도 있었다.

– 아름아, 넌 할 만큼 했어. 그만두고 싶으면 언제든지 집으로 와.

포털사이트에 뜬 내 기사를 클릭했다. 내가 스케줄 펑크를 낸 것은 이미 기사화되었다. 댓글에 나도 모르게 눈이 갔다. 나를 기다린다는 팬들의 댓글도 있었지만, 위선 떨고 있네, 성형괴물, 노래말고 연기를 해라, 같은 비꼬는 말들이 눈에 들어와 박혔다.

몇 개를 보다가 토할 것 같은 기분에 꺼 버렸다. 〈넥아타〉에서 주목받기 시작한 이후로, 사람들은 나를 자기들이 보고 싶은 대로 봤다. 이를테면, 내가 SNS를 하지 않는 것을 두고도 사람들은 다양한 말을 쏟아냈다. 언젠가 인터뷰에서 왜 SNS를 하지 않느냐고 묻기에 일기 쓰는 게 더 좋기 때문이라고 답했다. 그건 진심이었다. 누군가는 내가 SNS를 하지 않는 것을 두고 소녀A답다고 했다. 또 누군가는 재수 없다고 했다. 튀려고 그러는 거라고 했고, 가식적인 이미지 메이킹이라고 했다. 그런 사람들은 내가 무대에서 떠는 것도 연기라고 했다. 그게 사실이라면 얼마나 좋을까. 사실은 반대였다. 나는 무대에서 떠는 걸 감추려고 애를 썼다. 말을 흐리지 않고 끝까지 또렷하게 하려고, 더듬는 걸 감추려고 안간힘을 쓰느라 다리가 휘청거렸다. 말을 더듬는 게 싫어서 누가 말 거는 것도 두려웠다. 내가 더듬지 않을 때는 노래할 때밖에 없었다.

처음에는 댓글을 보면 무서웠다. 누군가가 나를 열렬히 미워한다는 점이 놀랍기도 했다. 모든 사람이 나를 좋아할 수 없다는 건 알고 있었다. 하지만 심한 악플은 어떻게든 상처가 되어서 마음에 남았다. 그래도 견딜 수 있었던 것은 악플이 주는 상처보다 〈넥아타〉에서 얻는 것이 더 크기 때문이었다.

하지만 이제 나 자신이 무서웠다. 내가 사람들이 이야기하는 것처럼 진짜 위선자, 거짓말쟁이, 연기자가 된 것 같았다. 어느 순간부터 나 자신에게 묻기 시작했다.

'네가 위선자가 아니라고 확신해?'

'사람들한테 동정을 사서 기분 좋지 않아?'

'여기 올라올 실력이 안 되는 거, 너도 알잖아? 운이 좋았을 뿐이야.'

나는 그 목소리와 싸우다가, 결국 울고 말았다. 언니가 듣지 못하도록 입을 틀어막고 울었다. 찬물에 세수를 하려다가 휴대폰을 개수대 안에 던져 버렸다. 지니 언니는 소녀A를 지켜줘야 한다고 했다. 하지만 소녀A의 추한 진짜 얼굴은 나만 알고 있었다.

*

"아름아, 일어나 봐."

새벽에 겨우 잠이 들었는데 언니가 깨웠다. 나는 겨우 한 시간의 짧은 잠 동안 산만한 꿈을 꾸었다. 깼을 때 기억나는 건 유진이와 둘이 교실에 앉아 있던 장면이었다. 유진이의 얼굴은 눈코입이 없이 텅 비어 있었다. 잠에서 깨고 나서도 유진이의 얼굴이 잘 기억나지 않았다. 언니가 말했다.

"손님이 왔어."

거실로 나오니 지니 언니가 굳은 얼굴로 테이블에 앉아 있었다. 긴장했다. 아무리 인내심이 강한 지니 언니라도 화가 많이 났을 것이다. 나는 잔뜩 쫄아서 무슨 얘기든 해야 한다고 생각했다.

"좀 쉬었어?"

지니 언니가 애써 다정한 얼굴로 인사하는데도 나는 죄인처럼 고개를 숙였다. 지니 언니는 그간의 상황과 제작진 회의 결과를 전해 주었다. 결과적으로 나의 하차는 받아들이지 않겠다는 뜻이었다.

"연예인이라는 직업은 자신의 과거를 모두 드러내야 하는 힘든 직업이야. 앞으로 힘든 일이 있을 수도 있어. 사람들은 너의 진심을 왜곡할 거야. 악플도 많이 달릴 거야. 그래도 포기하지 않아 줬으면 좋겠어. 이걸 견디지 못하면, 계속 노래할 수 없어."

나는 대답하지 않았다. 모든 걸 내려놓고 싶었다.

"포기하면 네가 만든 곡들은, 그 좋은 곡들은 모두 묻힐 거야. 다들 너를 왕따 가해자로만 기억할 거야. 하지만 포기하지 않으면 아직은 기회가 있어."

"그, 그만두는 것도 선택이 될 수 있잖아요."

지니 언니가 맥이 풀리는 듯이 잠시 침묵했다.

"그게 진짜 네가 원하는 거야? 프로그램을 위해서만 하는 말이 아니야."

"유진이 연락처는 못 찾으신 거죠?"

"못 찾았어. 그런데 방송국으로 전화가 한 통 왔어. 유진이와 너의 관계도 잘 알고 있다면서 자기 번호를 남겼어. 이름이 뭐라고 하더라, 서지희?"

지니 언니는 연락처가 적힌 쪽지를 건넸다.

"그리고 글 올려 줄 사람 찾아보는 건 걱정 안 해도 될 것 같아. 아까 그 타로 언니도 도와주겠다고 했어. 자신이 알고 있는 네 모습을 올려 주겠다고."

"그건 안 돼요."

나는 반사적으로 반응했다. 언니는 학교폭력 피해자였다. 우리가 어떻게 만났는지 알리려면, 언니의 과거도 밝혀야 했다.

"그분의 선택이야. 용감한 사람인 것 같더라."


나는 언니 이야기가 담긴 신문기사를 본 적이 있다. 언니는 버려진 건물의 옥상에 이틀 동안 물도 한 모금 마시지 못하고 묶여 있었다. 언니를 묶어 놓은 괴물들은 반나절 동안 언니를 조롱하고 때렸다. 그러고는 그냥 떠났다. 철거 전에 건물 상태를 알아보러 온 사람들이 아니었으면 언니는 죽었을지도 모른다. 언니가 직접 그 일을 나에게 말한 건 딱 한 번뿐이었다. 바닥에 고인 물을 마시기 위해 허리를 있는 힘껏 구부려야 했었다고. 모래가 섞이고 철 맛이 나던 그 물의 촉감과 냄새가 아직도 혀에 남아 있다고 했다.

언니가 글을 올린다면 언니의 과거도 누군가 알아낼 것이다. 언니가 정보를 숨긴다고 해도 누군가 반드시 알아낼 것이다. 인터넷은 그런 곳이었다. 언니가 상처를 떠올리게 만들고 싶지 않았다.

은희 언니는 잠깐 외출한다는 메모를 남겨 놓고 사라졌다. 나는 모자도 쓰지 않고 주변을 뛰어다니며 언니를 찾았다. 사람들이 나를 알아보고 사진 찍는 것도 개의치 않았다.

결국 언니를 찾지 못하고 집으로 돌아왔다. 얼마 지나지 않아 언니는 가득 찬 장바구니를 들고 와서는 말개진 얼굴로 나를 보고 웃었다.

"오늘은 수제 떡볶이를 만들어 주지."

"절대 안 돼."

"지금 내 요리실력 못 믿는 거야?"

"그 얘기 아닌 거 알잖아."

언니는 대꾸하지 않고 부엌으로 들어갔다. 나는 언니가 칼로 파를 종종 썰고, 양념장을 만들고 무로 국물을 내는 걸 지켜봤다. 언니는 요리를 하면서 내내 콧노래를 불렀다. 내가 〈넥아타〉에서 부른 노래의 멜로디였다.

언니는 넋을 놓고 있는 나에게 일단 먹고 생각하자며 젓가락을 내밀었다. 춤을 추던 시절부터 언니와 떡볶이를 먹을 때만큼은 모든 고민을 내려놓았다. 언니가 자꾸 나에게 떡볶이를 주는 것도 나를 위한 언니의 배려라는 걸 알고 있었다. 나는 말했다.

"언니가 이렇게까지 해 줄 필요는 없어."

언니는 진심을 말하게 하는 차라며 보이차를 억지로 건넸다. 언니가 준 보이차를 한 모금 마셨다. 꾹꾹 눌러 두었던 진심이 터져 나올 것 같았다. 정말 보이차에 그런 효능이 있는 것도 같았다.

"사실, 그만두고 싶지 않아. 무대에서 노래부를 때 행복을 이미 알아 버렸으니까."

"우리 하는 데까지 해보자."


나는 서지희에게 연락을 해봐야겠다고 생각했다. 서지희라면 유진이의 흔적을 알지도 몰랐다. 고장난 휴대폰 때문에 은희 언니의 휴대폰을 빌려 전화를 걸었다. 신호음이 몇 번 울리더니 서지희의 목소리가 들렸다.

"지희 맞지? 나 아름이야. 방송국으로 연락처 남겼다고 해서 전화해 봤어."

"설마 소녀A? 대박. 진짜 전화했네?"

나는 침을 꿀꺽 삼켰다. 다른 얘기는 하지 않겠다고 다짐했다. 유진이에 대해 알아내는 게 우선이었다.

"혹시 유진이 연락처 알아?"

"나도 몰라. 걔 자퇴했잖아. 연락하고 지내는 애들도 없을걸?

얼마 전에 길에서 한 번 우연히 마주쳤는데 눈도 못 마주치더라고."

마음이 다급해졌다.

"혹시 유진이 만날 수 있는 데 없을까? 독서실이나 학원이나 그런 데 다니지 않을까?"

서지희는 갑자기 발랄한 목소리로 말했다.

"아름아, 그러지 말고 우리 한번 만날래? 사진 찍어서 친구 인증하고, 내가 증언도 올려 줄게. 네가 왕따시킨 거 아니라고. 걔가 자작극하는 거라고 내가 써 줄게. 내 친구들 중에 네 팬 되게 많아. 다들 너 보고 싶다고 난리야. 유진이 걔는 그냥 신경쓰지 마. 자기한테 문제 있는 걸 너한테 괜히 화풀이냐? 진따같이."

나는 결국 아무런 소득 없이 전화를 끊었다. 알아낸 건 없었다. 유진이가 고립되어 있다는 사실만 알게 되었다.


그날 밤, 피곤한데도 잠이 오지 않았다. 언니도 늦게까지 잠을 자지 않고 노트북 앞에 앉아 있었다. 글을 쓰다가 막히는 부분이 있는지 생각에 잠겨 있었다. 나는 그런 언니 옆에서 손톱만 물어 뜯고 있었다. 언니가 노트북을 탁, 덮고는 나에게 말했다.

"우리 야식 먹을래? 너한테 보여 줄 것도 있고."

우리는 아이스크림을 들고 일층 타로 샵으로 내려갔다. 나는 언니가 모은 타로 카드를 구경하며, 아이스크림을 핥아 먹었다.

언니랑 둘이 있으니 예전에 가끔 언니 집에 가서 놀던 때가 생각났다. 언니도 나도 그때와는 다른 모습이었다. 언니는 카드를 뒤적이더니 카드 한 장을 들고는 "찾았다!" 하고 외쳤다.

"이 카드 어때?"

언니가 별이 그려진 타로 카드를 보여 줬다.

"정말 화려하네."

"네가 왜 타로 카드를 안 봐 주냐고 했지? 내가 이미 봤거든. 그때 뽑은 카드야. 〈넥아타〉에 도전하는 사람한테 스타 카드보다 좋은 카드가 있겠어?"

나는 언니가 내민 카드를 자세히 들여다보았다. 커다란 별과 물병의 물을 붓고 있는 여자를 보았다. 웃는 것 같기도, 아닌 것 같기도 한 여자의 표정을 보면서 기분을 가늠해 보았다. 언니에게 물었다.

"언니는 타로를 보는 일이 행복해?"

"그런대로? 사람들이 해답의 실마리를 얻고 약간의 복잡한 얼굴로 타로 샵을 나설 때, 난 그때가 기분이 좋더라고."

그건 너무 짓궂지 않냐고 말하면서도, 나에게도 실마리가 주어졌으면 좋겠다고 생각했다.

"언니 나 한 번만 타로 봐 주면 안 돼?"

"뭐가 궁금한데?"

"유진이를 만날 수 있을지 알고 싶어."

은희 언니는 나를 작은 방으로 안내했다. 수정구슬에 손을 얹고 타로의 신이든 음악의 신이든 누구든지 내 질문에 답해 주기를 기도했다.

내가 뽑은 카드들을 보던 언니가 카드 하나를 들어 보였다. 세 명의 여신이 물잔을 들고 건배를 하는 이미지였다.

"좋은 카드가 나왔어. 화합의 카드."

"근데 왜 두 명이 아니라 세 명일까? 서지희라는 그 친구까지 만나는 걸까?"

"그럴지도 모르지. 카드가 말해 주는 바에 따르면, 정말 예상치 못한 방법으로 너희 둘은 만나게 될 것 같은데. 그 방법이 뭘지는······."

언니의 말이 끝나기 전에 갑자기 문을 두드리는 소리가 들렸다. 나는 놀라서 몸이 굳었다. 얼마전에 내가 타로 샵으로 들어가는 사진이 인터넷에 공개된 터라 좀 긴장했다. 언니가 커튼 사이로 문을 두드린 사람의 얼굴을 확인했다. 얼핏 캡모자를 쓴 사람이 보였다.

"잠깐만, 호두가 이 시간에 무슨 일이지?"

언니는 문을 열어 주었다. 캡모자를 쓴 아이가 들어왔다.

"지나가다가, 불이 켜져 있어서 들어와 봤어요."

캡모자와 눈이 마주쳤다. 우리는 서로를 한동안 쳐다보았다.

나에게 일어난 일을 믿을 수가 없었다. 나는 아! 하고 소리를 질렀다. 동그랗고 통통한 볼과 웃지 않아도 웃는 듯 보였던 휘어진 눈, 날 보고 상냥하게 웃던 입, 유진이었다. 언니가 어떤 상황인지 몰라서 우리를 번갈아 보았다.

"둘이 어떻게 아는 사이야?"

우리는 어떻게 설명해야 할지 몰라, 서로 바라보고 서 있기만 했다. 유진이가 말했다.

"인터넷에서 우연히 네 사진을 봤어. 내가 아는 곳이라서 와 봤어."

우리는 한참을 멍하니 서 있다가 차를 가져올 테니 앉으라는 언니의 말에 겨우 마주 앉았다. 오 년 전보다 좀 더 자란, 하지만 그때의 이목구비가 그대로 남아 있는 얼굴을 바라보았다. 유진이를 만나면 어떤 기분일지 궁금했는데, 기뻤다. 적어도 이렇게 다시 이야기를 나눌 수 있다는 사실이 다행스러웠다. 내가 말했다.

"너를 만나면 하고 싶은 말이 많았는데 지금은 하나도 생각이 안 나. 여기는 어떻게 아는 거야?"

"나나 언니한테 타로를 배우고 있어. 너랑 나나 언니가 아는 사이라는 것도 사진을 보고 알았어."

유진이의 목소리가 떨렸다. 그 애가 긴장하고 있다는 게 느껴졌다. 유진이가 금방이라도 도망갈 것 같았다. 갑자기 마음이 급해진 나는 서둘러 말을 꺼냈다.

"유진아, 정말 미안해. 너한테 그런 상처를 줬다는 걸 잊고 있었어."

나는 말을 더듬지 않도록 아주 천천히 말했다. 그 글을 밤새도록 읽고 또 읽은 일, 나 스스로를 왕따의 피해자로만 생각해 온 것, 그리고 유진이에게 나쁜 일을 하게 된 과정도 고백했다.

"솔직히 나는 두려웠어. 서지희에게 밉보이는 것도, 너와 멀어지는 것도 두려웠어. 그런데 가장 두려웠던 건, 네가 서지희와 친해지는 거였어. 내가 다시 왕따가 되면 네가 서지희에게 돌아갈 것 같았어. 그게, 그게 제일 두려웠어."

"내가 서지희와 친해질까 두려웠다고? 난, 너를 좋아했어. 서지희보다 더."

"내게 소중한 건 너였는데, 내, 내가 바보 같았지. 그냥 용기가 없었나 봐. 누가 날 친구로 생각해 준다는 걸 믿을 수가 없었던 것도 같아."

우리는 눈을 맞추고 얘기하기 시작했다. 유진이가 말했다.

"아름아, 내가 더 미안해. 일이 이렇게 커질 줄은 몰랐어. 이제라도 글 내릴게. 그런 글을 올리고 나면 마음이 편해질 거라고 생각했어. 내가 상처받았으니까, 누군가 상처받아야 한다고 생각했어. 그런데 댓글을 보면서 든 생각은, 난 정말 최악이라는 거였어."

"네, 네가 쓴 글은 거짓말이 아니었잖아."

"난 그냥 화풀이를 하고 싶었던 거야. 네 잘못만은 아니라는 걸 알면서도, 유명해진 너를 공격해서 내 상처를 보상받고 싶었던 거야."

"사과를 받는 게 당연해."

"난 비겁한 방법을 썼어. 그 카드에 나온 사람 같아. 자기가 추한 줄도 모르고, 남의 소중한 것을 빼앗고는 히히덕거리는 사람."

언니가 향긋한 레몬차를 들고 들어왔을 때, 우리 둘 다 훌쩍이고 있었다.

"이 차의 효능은 화해를 촉진시키는 거야."

우리는 눈물을 멈추고 차를 마셨다. 유진이가 주머니에서 카드를 한 장 꺼냈다. 컵을 들고 건배를 하는 세 여자가 그려진 카드였다.

"여기 오기 전에 이걸 뽑았어요."

"컵3. 화합의 카드야."

"제 잘못을 되돌릴 수 있을지 질문했어요. 이 카드가 나와서 여기로 무작정 뛰어온 거예요."

유진이를 만나기 전, 내가 뽑은 카드와 같은 카드였다. 나는 카드에 나온 여자들처럼 잔을 위로 들었다. 언니와 유진이도 잔을 부딪혀서 건배를 했다. 우리는 꼭 카드에 나온 세 명의 여자들 같았다.

*

다음 날 아침, 오랜만에 머리가 맑아진 걸 느끼며 잠에서 깼다.

어젯밤 유진이와 나는 새벽 두 시까지 대화를 나눴다. 언니가 차로 유진이를 집에 데려다 주었다. 유진이는 헤어지기 전에 〈넥아타〉에 복귀할 거라는 내 약속을 받아냈다.

스트레칭을 하는 나에게 은희 언니가 다가왔다. 언니는 이것 좀 보라며, 나에게 휴대폰을 내밀었다.

'소녀A와 같은 학교 다녔던 후배입니다'라는 제목 아래로 중학교 때의 내 모습을 기억하는 누군가의 긴 글이 있었다.

"어젯밤에 내가 쓴 글을 올리고 나서, 소녀A로 검색하다 보니까 이런 글이 나오더라고."

한눈에 세리의 글이라는 걸 알 수 있었다. 마음에 걸렸던 아이.

"이것뿐만이 아니야. 널 기억하는 사람들의 글이 많더라고."

나는 언니가 책갈피로 저장해 놓은 페이지들을 하나씩 읽어보았다.


**Kose**

아름 언니는 당시에 힘들어 하는 저한테 엄청 잘해 주었어요. 좀 귀찮을 정도로요 ㅎㅎ

언니 덕분에 힘든 시간을 잘 견뎌 올 수 있었습니다. 이제 그 힘을 돌려드리고 싶어요.

**Pobi**

소녀A와 한 반이었는데, 왕따를 주동한 애는 따로 있었어요. 엄청 무서운 애였는데, 저도 걔한테 왕따당할까 봐 무서웠던 기억이 ㄷㄷㄷ

**Ahahaha**

아주 어렸을 때 친구예요. 제가 신발을 벗어 놨다가 개울에 떨어져서 잃어버렸어요. 아름이가 자기 신발 한 짝을 빌려줘서 집에까지 절룩거리면서 왔는데, 걘 정말 착한 애였다는 기억이 나네요.

**Konan**

나 진짜 걔가 소녀A인 거 알고 깜놀함. 칠팔 개월 정도 있다가 전학 갔는데 말도 없고, 만날 이어폰으로 음악 듣고 그래서, 처음엔 말 못하는 줄. 한참 뒤에야 말 더듬는 거 듣고 그래서 그런가 싶음. 근데 말 더듬는 거 연기라고 하는 사람들은 대체 뭐냐.

**Sorry**

기억나는 게, 걔가 처음 전학 왔을 때 사투리를 썼어요. 그냥 웃겨서 웃은 건데, 그 뒤로 말을 잘 못 하더라고요. 기회가 된다면 사과하고 싶어요. 그냥 별 뜻 없이 웃은 거였는데…….

**LOFI**

김아름 걔 왕따 맞았음. 근데 왕따랑 스따 중간 정도? 여하튼 숫기 없는 애는 맞고, 살이 빠진 것 같지만 성형은 잘 모르겠음. 결론 살 빼야 함.

\*

다시 활동이 시작됐다. 하차하게 될 줄 알았는데 해프닝이 되어 버렸다.

밀린 스케줄을 소화하느라 피곤했고 파이널 무대에 대한 부담도 있었지만, 마음은 어느 때보다 가벼웠다.

현장으로 돌아오니까 정신이 없었다. 동료들은 다들 반갑게 맞아 주었다. 공개적으로도 실제로도 날 좋아하지 않는 엘리 언니까지 '뭐 그딴 걸로 잠수를 타냐'고 타박하며 안아 주었다. 그게 언니 식의 위로라는 걸 나는 모르지 않았다.

현장으로 돌아오자 정신없이 시간이 지나갔다. 〈도미노〉 곡 작업에 댄스 연습에 하루하루가 날아가는 느낌으로 지나갔다.

유진이와 헤어진 직후, 잘 풀리지 않던 〈도미노〉 곡 작업도 마칠 수 있었다. 유진이를 생각하면서 나는 가사를 썼다.


누군가 나를 쓰러뜨렸어.

그래서 나도 널 쓰러뜨렸지.

모두 다 쓰러졌다고 생각했는데

네가 말해 줬어.

쓰러진 모습 그대로 우리가 아름답다고.

쓰러진 대로 새로운 그림이 되었다고.

유진이와는 그 뒤로 한 번 더 통화를 했다. 유진이가 글을 올렸다. 오해를 풀었다고, 소녀A 역시 피해자였다며 자신의 상처를 씻어 준 소녀A를 응원한다는 글을 올렸다.

은희 언니는 나보다 더 바빠졌다. 〈The Taro〉의 이름이 알려져서 예약이 밀려 들었다. 언니는 소녀A의 팬들을 모두 자기의 팬으로 만들겠다며 야심 찬 모습을 보여 줬다.

이제 다음주 파이널 무대가 끝나면 〈넥아타〉는 끝이 난다. 그 뒤에 어떤 일이 일어날지는 나도 모르겠다. 나는 항상 새로운 것이 두려웠다. 새로운 학교, 새로운 사람들, 새로운 도전이 두려웠다. 하지만 더는 두려워하지 않으려고 한다. 힘들 때는 언젠가 지니 언니가 나에게 해 주었던 말을 기억하려고 한다. 사람들이 나를 소녀B, 소녀C…… 소녀Z로 보고 싶어 할 때, 나만큼은 소녀A를 지켜 줘야 한다고. 그리고 나를 있는 그대로 보아 주는 사람들에 대한 마음을 기억하며, 그렇게 나아가 보기로 했다.

———

내 인생을 바꾼 사건은 열일곱 살의 어느 날 일어났다.

나는 그때 지긋지긋한 왕따에 시달렸고 그 끝에 잊을 수 없는 사건을 겪었다. 그 아이들은 철거를 앞둔 건물의 옥상에 나를 묶어 놓고 반나절을 괴롭힌 뒤 그냥 떠났다. 이틀 동안 나는 그곳에 매달려 있다가 우연히 발견되었다. 이틀 동안 날 찾아서 헤맨 부모님의 신고로 그 일은 언론에 꽤 비중 있는 뉴스로 보도되었다. 학교폭력이 얼마나 심각한 수준에 이르렀는지 알려 주는 상징적인 사건이 되었다. 그 아이들은 퇴학을 당했고 나도 결국 자퇴하고 대안학교로 옮겼다.

십대 후반은 어떻게 죽을까 고민하는 나날이었다. 죽는 게 스위치를 누르는 것처럼 쉬운 일이었다면, 나는 이미 수백 번도 더 죽었을 것이다. 하지만 내 시도는 너무 어설펐고, 몸에 상처만 내고 끝났다. 죽고 싶다는 꿈은 하루빨리 한국을 떠나고 싶다는 꿈으로 바뀌었다. 나에게 고통을 준 사람들이 없는 또다른 세상이 필요했다.

스무 살이 되자마자 어디로 뜰지를 신중하게 골랐고, 인도를 선택했다. 내가 생각할 수 있는 가장 낯선 곳이었기 때문이다. 부모님을 설득하는 일은 쉬웠다. 그분들은 내가 두 번 자살 시도를 한 이후, 며칠 밥을 굶는 척만 해도 내 뜻을 들어 주시는 분들이었다. 대안학교의 선배 몇 명이 인도에서 여행 중이었던 점도 결정적이었다.

뭔가 대단한 일이 일어날 거라 생각했던 인도여행은 힘들기만 했다. 무질서한 도시에서 길 하나를 건너는 일도, 기차를 놓치지 않고 타는 일도 쉽지 않았다. 말을 걸면서 다가오는 현지인들이 두려웠고, 밥 한 끼에 열흘치 숙소 금액을 뜯기기도 했다. 인도 북부의 마날리라는 도시에 짐을 풀고 나서 기어코 탈이 났다. 물갈이를 해서 쉬지 않고 설사를 했고, 벼룩에 물린 데가 가려워서 잠을 설쳤다. 만사 의욕이 없어진 나는 한국으로 돌아가기 전까지 그곳에만 머물기로 했다.

타로를 만난 것은 그곳에서였다. 우연히 만난 한국인 여행자의 추천으로 타로 강의를 알게 된 것이다. 마침 여행이 무료하던 참에 강의를 들어 보기로 했다.

타로 마스터는 느긋한 사람이었다. 마스터는 수강생들이 돌아가면서 질문을 하도록 한 다음, 수강생들이 뽑은 카드를 오랫동안 쳐다보며 느끼도록 했다. 때로는 카드가 말하고자 하는 의미에 대해 수강생들과 오랜 대화를 나누었다. 진도를 빼는 데는 관심이 없고, 잡담만 하다가 끝나는 것 같았는데 수강생들은 자아성찰을 위해 이곳에 모인 것인지 하나같이 진지했다. 내가 질문할 차례가 되면 나는 그들을 비웃듯이 '오늘 점심은 뭘 먹을까요' 같은 시답잖은 질문만 해 댔다.

나는 그곳에서 가장 어리고 의욕없는 수강생이었다. 영어로 진행되는 강의는 절반 정도만 겨우 알아들을 수 있었다. 멍한 얼굴로 앉아 있다가 누가 나한테 말을 걸면 못 알아듣는다는 듯이 고개를 젓고 말았다. 타로 마스터는 포기하지 않고 쉬운 단어를 골라 천천히 반복해 가며 타로를 가르쳐 주었다. 카드의 뜻을 설명할 때는 과장된 표정 연기를 곁들였다. 강의를 들으러 끝까지 다닌 이유는 그의 한결같은 인내심에 어딘가 감동적인 부분이 있었기 때문이다.


강의 마지막 날, 타로 마스터는 나에게 어디서 공부했는지 모를 한국어로 나에게 물었다.

"은희, 진짜 질문을 할 시간이야."

"글쎄, 오늘 저녁 메뉴?"

타로 마스터는 미소를 띤 채 고개를 저었다. 그는 다시 영어로 말했다.

"오늘이 마지막 날이잖아. 네가 선택할 수 있는 것 말고, 아무도 답해 주지 않은 것. 그래서 여태까지 물어보지 못한 거. 그런 걸 한 번 물어보는 게 어때?"

나는 성의없음을 들킨 것 같아 부끄러웠다. 그래서 고민 끝에 마지막 질문을 던졌다.

"지금과 다른 사람이 될 수 있을까요?"

떨리는 손으로 카드를 뒤집었다.


'운명의 수레바퀴(Wheel of Fortune).'


당시에는 그 카드의 뜻도 정확히 몰랐지만, 둥근 수레바퀴의 이미지를 보면서 갑작스럽게 눈물을 터뜨리고 말았다.

"은희, 어떤 느낌이 들어?"

"벗어날 수 없을 것 같아요. 답답해요."

"다른 사람이 되고 싶은 거야?"

"나는 내가 아니면 좋겠어요. 내가 너무 싫어. 차라리 나를 묶었던 그 아이들이 되고 싶어요."

나는 한국말을 섞어가면서 더듬더듬 말했다. 국적이 제각기 다른 열 명의 사람들이 내 말을 묵묵히 들어 주었다. 내 눈물이 잦아들었을 때 수강생들이 모두 각자의 방식으로 나를 위로했다. 안아 주는 사람이 있었고, 손을 잡아 주는 사람이 있었다. 타로 마스터는 나를 향해 말했다.

"은희, 잊지 마. 너는 너야. 어떤 상황에서도 너는 너야."

그날부터 내 닉네임은 나나가 되었다. 나는 나. 어떤 상황에서도 나는 나.

세상에는 고장 내는 걸 좋아하는 사람이 있는가 하면, 상처 난 부분을 회복시키는 데 온 시간과 정성을 쏟는 사람들도 있었다. 그래서 세상은 그럭저럭 흘러가는 건지도 모르겠다. 춤 테라피에서 유난히 나를 신경써 주던 강사가 그랬고, 대안학교에서 만난 몇몇 선생님과 친구들이 그랬다. 인도에서 만난 타로 마스터도 그중 한 명이었다.

한국으로 돌아와 타로를 제대로 배웠고 자격증도 땄다. 내가 받은 힘을 누군가에게 돌려주고 싶어서 시작한 일이었다. 작은 샵을 열기까지 이 년이 걸렸다. 카드를 보관하는 서랍 제일 윗칸에 인도에서 가져온 '운명의 수레바퀴' 카드를 넣어 두었다. 타로 마스터는 '운명의 수레바퀴' 카드를 나에게 선물로 주었다. 카드

한 장이 없으면 그 덱(Deck)을 통째로 쓸 수 없는데도 그랬다.

타로를 보는 일은 즐거웠다. 자신의 마음을 알고자 하는 사람들이 질문을 들고 오면, 나는 최선을 다해서 그들을 돕고 싶었다. 그들이 뭔가 실마리를 얻고 돌아가는 모습을 볼 때면 마음속으로 파이팅을 외치고 싶었다.

요새 나의 작은 타로 샵은 예상치 못한 인기를 누리고 있다. 내 타로 실력 덕분이라고 말하고 싶지만, 소녀A 팬들의 성지가 되어 버렸기 때문이다. 아름이가 얼굴도 안 가리고 주변을 마구 뛰어다녀서 사진이 찍혀 버린 탓이었다. 덕분에 나는 눈코 뜰 새 없이 바빠졌다. 정말 타로를 보고 싶어서 온 사람도 있고, 타로를 보는 척하다가 소녀A에게 줄 선물과 편지를 슬쩍 놓고 가는 사람도 있었다. 여기가 소녀A 사무실이냐!고 외치고 싶었지만, 어쨌든 일단 선물은 친절히 받아 주었다.

손님들 중에는 간혹 아름이를 아는 이들도 있었다. 아름이의 후배였다는 고세와 홍익인간은 저번에 본 타로가 귀신같이 맞았다며 친구들에게 널리 전파했노라고 말했다. 고세는 유튜브를 시작했다고 했다. 최근에 소녀A의 곡으로 창작안무를 올려서 구독자 수가 삼백오십 명까지 치솟았다고 했다. 그에게서 무슨 일이든지 용감하게 부딪힐 수 있을 법한 에너지가 느껴졌다. 응원의 의

미로 나도 고세의 유튜브 채널을 구독했다.

미스고릴라와 우주대스타는 다짜고자 찾아와서는 아름이를 만나게 해달라고 졸랐다. 아름이의 과거사진을 올린 것에 대해 사과를 해야 한다는 것이었다. 아름이가 여기 더이상 없다고 하자, 아쉬워하며 긴 손편지를 남겼다.

둘은 온 김에 타로도 보고 갔다. 미스고릴라는 메이크업 쪽으로 진로를 바꾸는 것에 대해서 조심스럽게 물었다. 당당한 포즈를 한 마법사 카드가 나왔다. 어떤 얼굴도 마법처럼 아이돌로 바꿔 주는 손을 지닌 것 같다고 하자, 미스고릴라의 얼굴에 미소가 번졌다. 지난번에 왔을 때는 보지 못한 환한 표정이었다. 우주대스타는 질문할 게 없다고 했다. 자신이 원하던 게 이미 이뤄졌다면서 미스고릴라를 보았다. 〈The Taro〉를 나갈 때 자연스럽게 손을 잡은 걸 보면 그새 둘이 연인이 된 모양이었다. 나는 늘 그렇듯이, 〈The Taro〉를 나서는 사람들의 뒷모습을 바라보며 그들의 행운을 기원했다.


아름이는 파이널 무대를 실수 없이 마쳤다. 최종결과는 2위였다. 후회가 남지 않는 개운한 얼굴이었다. 마지막 소감을 말하면서 소녀A는 자기를 기억해 준 사람들의 이름을 아주 오랫동안 나열했다. 그중에는 나의 이름도, 호두의 이름도 있었다.

호두와의 타로 강습은 얼마 전에 끝났다. 호두는 이제 아름이와 연락을 하고 지내는 모양이었다. 강습 마지막 날, 호두가 저번에 약속한 대로 내 이야기를 해줄 수 있냐고 조심스럽게 물었다. 나는 타로 마스터가 되기까지 나에게 있었던 일을 이야기해 주었다. 이야기를 듣고 난 호두가 물었다.

"언니는 그때의 일은 다 극복하신 거예요?"

나는 스스로에게 질문을 던졌다. 나는 과연 극복했을까. 호두가 어떤 대답을 원했는지는 모르겠지만 솔직하게 말하기로 했다. 아직 극복하지 못했노라고.

아이들이 옥상에 나를 묶었을 때 가장 괴로웠던 건 갈증도, 상처의 고통도 아니었다. 날 괴롭히던 아이 중 하나가 나에게 했던 말이었다. 그 아이는 묶여 있는 나에게 반나절 동안 같은 단어를 지속적으로 귀에 속삭였다. 바보, 병신, 바보, 병신, 바보, 병신. 생각해 보면 그 애도 참 인내심이 대단했다. 날 괴롭히고 싶다는 욕망 때문에 반나절이나 그런 짓을 했다.

그런데 그 반나절이 지나고 나니까 나 자신이 정말 바보, 병신인 것같이 느껴졌다. 지금도 난 그 흔하디흔한 단어를 들으면 흠짓 놀라고는 했다. 그 이후로 계속, 심지어 지금까지도 자신이 바보가 아니라는 사실을 증명하려고 애쓰고 있는 나를 발견하고는 했다.

나는 호두에게 내 문신에 가려진 상처를 보여 주었다. 지금은 새의 깃털이 되었지만, 한때 그 상처는 나를 죽고 싶게 만든 기억이었다. 호두가 아! 하더니 붉은 선을 가리켰다.

"어떤 상처는 깊어서 극복할 수 없기도 해. 그럴 땐 같이 살아가야만 하지. 난 상처를 지우려고 애쓰는 대신 상처는 거기에 둔 채, 좋은 것들로 시선을 돌리기로 했어. 예쁜 타로 카드, 마음에 드는 벨벳 드레스, 향기로운 차, 그리고 너와 아름이처럼 돌고 돌아 오해를 푸는 관계들. 그런 것들이 나를 행복하게 만들거든."

유진이는 검정고시와 입시에 집중할 거라고 했다. 마지막 강습 때 선물로 내가 가장 좋아하는 카드 덱과 호두과자를 유진이에게 주었다. 두꺼운 껍질을 벗으면 이렇게 달콤해질 수 있다는 걸 기억하길 바랐다. 유진이가 호두과자를 받아 쥐고 환하게 웃었다. 웃으며 헤어질 수 있어서 기뻤다.

호두와 작별한 뒤 오랜만에 '운명의 수레바퀴' 카드를 꺼내 한참을 바라보았다. 처음 봤을 때와는 분명 느낌이 달랐다. 예전에는 이미지에서 벗어날 수 없는 굴레를 보았다. 하지만 지금은 '변화'를 보았다. 바닥을 치고 다시 올라오는 역동적인 힘을 느꼈다.

열일곱 살에 나는 인생이 바뀌었다고 생각했다. 하지만 그게 끝이 아니었다. 변화는 계속 일어났고, 스물셋인 지금, 나는 생각지도 못한 곳에 와 있었다.

나는 작은 타로 샵을 단정하게 정리하고 다음 내담자를 맞을 준비를 했다. 질문을 품고 찾아올 누군가를 설레이는 마음으로 기다렸다.

작가의 말

○

이 소설의 줄거리를 처음 떠올린 건 사 년 전이었다. 다양한 소문에 휩싸인, 정체를 알 수 없는 한 소녀에 대한 이미지로부터 시작했다. 당시 눈여겨봤던 서바이벌 프로그램을 떠올리며 배경을 설정하고, 우연히 관심을 갖게 된 타로 카드도 등장시켰다.

초고는 신나게 써 내려갔다. 재미있는 이야기를 만들고 있다는 만족감이 있었다. 캐릭터들도 초기설정만 해 놓으니 저절로 움직이고 말하는 느낌이었다. 그런데 이야기가 진행될수록 질문이 많아졌다.

타인이 내리는 나에 대한 평가는 중요한가?

타인의 평가와 별개로 나 자신을 지키려면 어떻게 해야 할까?

지울 수 없는 상처는 어떻게 치유하는가?

진정한 화해란 어떻게 이뤄지는 걸까?

당장 답을 내리기 어려운 질문 앞에서 돌연 길을 잃은 기분이 들었다. 결국 소설의 마지막 장인 소녀A 부분에 도달했을 때 턱 막혀 버렸다. 잠시 원고를 내려놓자고 생각했다.

그러다가 아이가 태어났다. 살아 있는 한 생명체는 압도적인 존재감을 뽐냈고, 아이를 제외한 일들은 접어 두었다. 올여름, 첫 책을 냈던 출판사의 연락을 받고서야 완성 못 한 소설을 떠올렸다. 그사이 내 아이는 걷고, 말하고, 감정을 표현하는 어엿한 인간이 되었다. 내 글도 이제 자라게 할 시간이라고 생각했다.

원고를 막히게 했던 질문에 대해 명확한 답을 찾은 것은 아니다. 다만, 사 년 사이에 얻은 깨달음은 있었다. 살아가면서 상처를 피할 수는 없다는 것이다. 우리는 모두 서로 상처를 주거나 받으면서 살아간다. 친구와 가족 간에도 수많은 오해와 엇갈림을 경험한다. 다만 우리가 할 수 있는 일은 상처를 회복하는 일을 소홀히 하지 않는 것이다. 그 과정이 지난하더라도 포기하지 않는 것이다. 소설 속의 인물들이 돌고 돌아 서로 만났듯이 말이다.

이 소설이 나에게 특별한 이유 중 하나는 몇몇 캐릭터를 친구들의 이름이나 별명에서 따왔기 때문이다. 캐릭터와 어울리는 친구가 떠오를 때마다 즉흥적으로 초고에 넣었던 것인데, 결국 인물들의 이름을 바꾸고 싶지 않아 허락을 구했다. 결과적으로 소설을 쓰는 내내 덜 외로울 수 있었다. 이름을 빌려준 친구들, 그리고 내 글쓰기를 응원해 준 친구들에게 고마움을 전한다. 특히 내 인생의 두 축이 되어 준 오독과 월폐 친구들에게 고맙다. 오랜 친구 미란, 미경, 정아에게도 고마운 마음을 전한다.

소리 없이 응원을 보내 주시는 김준동, 강난희 사랑하는 부모님께 감사드린다. 그분들은 나를 든든히 지키고 서 있는 산맥 같은 분들이다. 마지막으로 수평선처럼 한결같은 모습으로 곁에 있어 주는 남편 박태준에게 사랑을 전한다.

　아직도 뭔가를 다 아는 것처럼 말하고 나면 부끄러워진다. 확실한 대답보다는 질문을 가지고 써나가고 싶다. 나나가 내담자들에게 느꼈던 감정처럼, 독자들 역시 이 책을 덮을 때 약간의 복잡한 얼굴로, 해답보다는 질문을 품을 수 있기를 바란다.

2020년 12월

김지숙

오늘의
청소년
문학
__ 29

다른 포스트

뉴스레터 구독

## 소녀A, 중도 하차합니다

초판 1쇄   2020년 12월 30일
초판 8쇄   2024년 8월 30일

지은이   김지숙

펴낸이   김한청
기획편집   원경은 차언조 양선화 양희우 유자영
마케팅   정원식 이진범
디자인   이성아
운영   설채린

펴낸곳 도서출판 다른
출판등록 2004년 9월 2일 제2013-000194호
주소 서울시 마포구 동교로27길 3-10 희경빌딩 4층
전화 02-3143-6478   팩스 02-3143-6479   이메일 khc15968@hanmail.net
블로그 blog.naver.com/darun_pub 인스타그램 @darunpublishers

ISBN 979-11-5633-313-5 44810
       978-89-92711-57-9 (세트)

다른 생각이
다른 세상을 만듭니다